Kadokawa Fantastic Novels
orewo
sukinanoha
omaedake
kayo
喜歡本大爺的竟然就妳一個?
作者
駱駝
illustration
ブリキ

喜歡本大爺的竟然就妳一個？
9
orewo
sukinanoha
omaedake
kayo
作者
駱駝
illustration
ブリキ
Kadokawa Fantastic Novels

「啊啊～～！還是這個姿勢最自在～～！」

「呵，本日也天氣晴朗。
是烤雞串的大好日子！」
小柊／元木智冬
第二學期轉來西木蔦高中的轉學生。和小椿從小就認識，彼此的家又是炸肉串店VS烤雞串店這種典型的競爭關係。怎麼說呢，雙方就各方面而言實力是天壤之別……綽號的由來是把姓氏中的「木」和名字中的「冬」拼在一起，就會變成「柊」。

Pansy／三色院菫子

莫名只對大爺我超毒舌，紮辮子戴眼鏡的圖書室主宰。

「哼咻嚕嚕嚕……我們——」

翌檜／羽立檜菜

校刊社的幹練編輯社員。一慌張起來，語氣就會變成津輕腔。

Cosmos／秋野櫻

學生會長。外表冷豔，其實很廢又很少女。

有夠生氣的！
花灑，給我們解釋清楚！」
葵花／日向葵
大爺我的兒時玩伴，只有運動神經很出色的傻妞型騷貨。
小桑／大賀太陽
甲子園亞軍西木蔦高中棒球隊的王牌球員，也是大爺我的好朋友。

「接下來才是……
吾和小椿的……
小風／特正北風
唐菖蒲高中棒球隊的強打者。
意外地和蒲公英感情挺好？
「小柊……妳從很久很久以前
就跟我一起，是我的對手。
只有妳，我萬萬不想輸。」
小椿／洋木茅春
大爺我打工的地方「陽光炸肉串店」的店長。和小柊從小就認識。

最後一場聖戰……
的開始！」
山茶花／真山亞茶花
退役辣妹。現在披著清純的皮，但實際上是隻野獸，是紅人群中的領袖。
Cherry／櫻原桃
唐菖蒲高中學生會長。是個有點亢奮，又讓人難以捉摸的女生。

contents

我汲汲營營去幫忙

——全國高級中學棒球選拔賽　地區大賽決賽　十點四十分。

今天，對我——花灑也就是如月雨露而言，是非常重要的一天。

畢竟我就讀的高中——西木蔦高中能不能打進甲子園……就要在今天決定。

再加上我個人也要和我的高階相容版，同時也是絕對不能輸的人——葉月保雄，通稱「水管」——進行對決。

而要贏得這場對決，就不能少了棒球隊的王牌球員，同時也是我的好友大賀太陽——通稱「小桑」的協助。

因此，我本來打算盡快和小桑接觸，但不知道為什麼，我卻……

「大家好！要不要來個烤雞串？好吃得不得了，請大家一定要買！」

「嗯，汝聲音很洪亮，吾都跟著自豪起來了。」

我和這個口氣很跩的女生一起在球場外兜售烤雞串……

不是啦，我會這樣是有苦衷的。

是有體能很高的怪物（Cosmos）和妖怪（葵花）在追我，我實在沒辦法逃開，情急之下只好跑向附近的攤子——「元氣烤雞串」，大喊：「有人在追我！請救救我！」拜託對方讓我躲起來。

結果店長小哥不容分說地命令我：「我都讓你躲了，你就和我妹一起去兜售當報酬。」

竟然要被追捕的人去兜售，真讓我有點搞不清楚他在說什麼。

……然而，既然欠了人情，也就沒辦法違逆。

結果我就和小哥的妹妹元木智冬像這樣一起行動。

「呵，本日也天氣晴朗。是烤雞串的大好日子。」

她有著波浪捲長髮、火辣的身材，身高約一六五公分，以女生來說算高挑，是個風貌成熟的美女，跟這種囂張的態度很搭調。

起初我還以為她是個大學生，知道她和我同年時還真有點嚇一跳。

元木長得漂亮，讓人覺得只要她隨便找些男生叫賣，只是賣個烤雞串，應該三兩下就會賣完，只是……

「來，如月雨露啊，出聲叫賣吧。還有很多烤雞串呢。」

這女的只會命令我，出聲叫賣全都推給我。

口氣和音量成反比的程度實在誇張。

這女的從剛才就一直用只有我聽得見的小聲說話。

我身上掛的是冰桶，裝著要搭配賣的飲料，所以應該要由身上掛著裝了烤雞串的盒子的元木多出聲叫賣才對吧……

「我說啊，我只是助手，妳才應該大聲點……」

「吾負責指揮。來，出聲叫賣。」

我也知道反正一定會這樣……

「不用擔心。大家都說吾很會指揮喔，來，出聲叫賣。」

哪裡很會了？從剛剛妳就一直只說「來，出聲叫賣」吧。

「大姊姊！給我一串烤雞串！」

喔？有個天真的少女舉起五百圓硬幣，對元木說話耶。

乍看之下，大概是個五歲左右的幼兒，至於雙親……噢，在後面莞爾地看著啊。

原來如此，這算是小小的初次採買任務？

「唔？汝是在叫吾？」

「乳～～？無～～？呃……給我烤雞串！」

五歲的小孩子要聽懂「汝」跟「吾」大概有困難吧。算了，沒關係，既然有客人主動上門，那就好辦。

趕快讓元木賣烤雞串……等等，這女的怎麼一直盯著我看？

「如月雨露啊，汝在做什麼？趕快把烤雞串販賣給這個幼女。」

這是我要說的話。把烤雞盒遞給我幹嘛？

「咦～～？大姊姊，妳怎麼了～～？」

「趕快，客人在等……快點。快點快點。」

我說真的，這女的是怎樣？

「……好啦。」

忍耐。我要忍耐……店員與店員萬萬不該在客人面前起爭執，而且一個不小心把事情鬧大看看，難保不會被追兵發現。

「來，這是烤雞串。小朋友，妳好棒喔，會幫爸媽買東西。」

「嘻嘻嘻～～！謝謝你，大哥哥！」

她帶著這年紀會有的天真笑容朝向我，讓我覺得有點得到療癒。

像這樣和連話都有點說不順的幼兒相處——

「掰掰！臉孔造型有著無可奈何大缺陷的大哥哥！」

為什麼妳就只有這個部分說得這麼溜？是要進行怎樣的教育才會養出這樣的小孩！

該死！為什麼我就得被五歲小孩揶揄臉孔造型啦！

「唔，如月雨露啊，汝比吾想像中更能幹。」

我真想把這無可奈何的憤怒發洩在妳身上。

「我說妳啊……要是以後也像剛剛那樣，可就有點麻煩……」

「汝說這是什麼話啊，如月雨露。汝可以的，要相信自己。」

這句話，我真想原封不動還給她……

可是照這樣看來，「那件事」大概是真的吧～

沒錯，在我開始兜售之前，烤雞串的店長——元木的哥哥，就跟我說了元木的某個……

重大缺點。

而他就是希望妹妹能夠克服這個缺點，才會搞得我必須一起兜售。

「可是，汝賣烤雞串的模樣頗靠得住。既然有這本事，今後汝就繼續當吾的盾牌……」

「這些都不重要，我們趕快把烤雞串賣一賣。我趕時間。」

「汝很有幹勁，吾愈來愈中意汝了。吾就特別准許汝叫吾的綽號吧，把姓氏中的『木』和名字中的『冬』拼在一起，叫吾『小柊』。」

「那可謝了。大家是從我的全名拿掉『月』，叫我花灑。」

「唔，花灑是吧。知道了。花灑，花灑，花灑。哼哼哼……」

這女的，好可怕。

她一邊連喊我的名字一邊賊笑耶。

而且，這個女生的名字和綽號很像我那個同班同學，也是我打工處的店長洋木茅春——小椿。她是把姓氏的「木」和名字的「春」拼在一起，變成「椿」。

「……汝為什麼不用綽號叫吾？」

她口氣咄咄逼人，但似乎對我不叫她綽號這點感到傷心，投來與口氣相反的落寞視線。

「我也沒什麼別的意思……哇！不要突然靠過來啦！」

「汝……汝不叫嗎？用綽號叫吾！也就是說，汝也應該叫吾綽號！還是說，汝討厭叫吾的綽號？快！……快點快點！」

「妳很囉唆耶！好啦！我叫，我叫總可以了吧！請多指教啦，小柊！」

「～～！成、成功啦～～！好開心喔～～！……咳，唔！以後也請多指教！花灑！」

小柊展現出從她成熟的外表與囂張的口氣根本無從想像的天真笑容，就這麼開心地開始亦步亦趨地走在我身旁。

她看來心情相當好，甚至哼起了歌。

「那麼，我們去兜售了，花灑！好開心好開心的兜售就要開始了！」

當然了，之後等著我的完全不是什麼開心的兜售。

真的是有夠給他辛苦的啦……

一切的原因，都是這個叫作小柊的女生具有的那個太嚴重的缺點。

我總算勉強找到空檔，找小桑拜託了對決的事，但我真心覺得再也不想和這女的一起兜售了。

……咦？各位要問是什麼缺點？……就是那個啊。

這個叫作小柊的女生，是不得了的——

第一章

到了夏天的殘渣也消失無蹤，吹起風來漸漸會冷的九月最後一週。

總覺得有種過了兩次暑假的錯覺，不過這就先不提。

現在是如假包換的第二學期，時間是放學後，現在地點是西木蔦高中圖書室。

各位要問我在那裡做什麼？想也知道吧。

「還請各位……還請各位……高抬貴手……」

就是被強制跪坐在地板上。

「花灑同學，如果你希望我們高抬貴手，就得展現該有的誠意。」

這個一手拿著川端康成的《屍體介紹人》散發壓力的辮子眼鏡女，是西木蔦高中圖書委員三色院菫子——通稱「Pansy」。就如各位所見，她顯得十分生氣。

「哼咻嚕嚕嚕……我們有夠生氣的！花灑，給我們解釋清楚！」

這個發出「哼咻嚕嚕嚕」這種日常生活中沒什麼機會聽見的低吼聲，拿網球拍鎖定我臉孔的，是我的兒時玩伴日向葵——通稱「葵花」。

我滿心想說如果可以解釋，我早就解釋了。

「別氣別氣，葵花，請妳冷靜點。因為不管問不問清楚情形，花灑的罪要受到審判，這點都是確定的。」

這個無視物理定律豎起馬尾瞪著我的，是校刊社的羽立檜菜——通稱「翌檜」。她本來一激動就會變成津輕腔，這次卻以極為冷靜的態度說著敬語，反而更加重了可怕的感覺。

「嗯~~……就算花灑同學的行動再怎麼有問題，做太過分的事情還是會讓我於心不忍啊……對了！就扭他身上三個地方，這個大方向大家覺得怎麼樣？」

這個說話聽起來體貼，提議卻讓人感受不到半點體貼的，是學生會長秋野櫻——通稱「Cosmos」。人體除了頭髮以外，還有什麼地方是扭了不會出事的嗎？

「神奇．花灑♪……說到花灑，就想到殺♪」

「說到殺，就想到花灑♪」

「說到花灑，就想到燒♪」

「說到燒，就想到花灑♪」

而且就連最近來幫忙圖書室業務的紅人群各位也表示震怒。

我從以前就一直很好奇一件事，她們真的跟我同年代嗎？（註：前四句台詞改編自 1990 年代的猜謎型綜藝節目《神奇頭腦力量》中猜謎時所唱的歌詞）

聽起來像是玩很古早的遊戲玩得很開心啦……

「我說各位，花灑也在反省了，這個時候我們還是有話好說吧？把氣氛搞得太僵也沒意思吧？而且也可能弄出什麼意外！」

唯一對孤立無緣的我伸出援手的，就是棒球隊的王牌球員，也是我最好的朋友小桑——

大賀太陽。

他站在我與 Pansy 之間，攤開雙手護著我的模樣真不知道有多英勇。

果然拯救女主角就是主角的——

「小桑，就算是意外，日本的法律可是規定了『疏於業務上必要之注意，因此造成人員死傷者，得處以五年以下之徒刑、拘役或一百萬圓以下罰鍰。因重大過失造成人員死傷者亦同』。」

「竟然是……刑法第二一一條第一項！花灑……抱歉！」

是主角的職責，但我本來就不是女主角，所以不會得救。真是人情冷暖，點滴在心頭。

Pansy 不知道什麼時候拿出了六法全書，使出業務上過失致死罪，這一招讓小桑遺憾地敗退。他無力地單膝跪到地上。

沒想到我這好朋友對法律這麼熟悉，讓我有點嚇一跳。

「小桑走開！現在是我們在跟花灑說話！」

「對！在我們談完之前，請你去社辦練個肌肉啦！」

「…………好的，非常抱歉。我會去社辦練個肌肉……」

唯一的友軍被放逐出圖書室。我都要哭了。

——不過會弄成這種混沌（Chaos）的狀況，當然有原因。

元木智冬——人稱小柊的少女，突然出現在圖書室。

這個女的，是轉進跟我不同班——轉到 Pansy 那班的轉學生，但其實我們以前就有過一面之緣——只是這件事在此就割愛不提。而且前面一點的章節多半就在演這個。

然後呢，接下來就是我也不知道的消息，原來這個小柊和我的同班同學，同時也是我打工的地方「陽光炸肉串店」店長的某個少女——小椿，也就是洋木茅春，是被命運的串枝串在一起的對手。

這兩個對手一碰面就互瞪著對方，講出「我們的聖戰又要開始了！」或「妳又要製造無謂的流血？」之類很聳動的爭論，瘋狂破壞正常的世界觀。

坦白說我跟不上她們的步調，但這畢竟是她們兩人之間的問題，所以我覺得事不關己，但這種大意是致命的。

或許是因為對決內容是「決定哪一方可以僱用我去打工」，小椿與小柊竟然以「開始聖戰的儀式」為名，兩人不約而同把自己的手背按到我的嘴脣上。也就是……搞成了親吻。

然後，他們兩人就這麼離開我們在的閱覽區，展開了她們所謂的聖戰，但我這邊可沒辦法說聲「慢走」就了事。

畢竟事發現場被 Pansy 她們目擊得清清楚楚。

如此一來，幾位女同學當然大為震怒，我也才會搞成現在這個樣子。

不過，還真嚇了我一跳啊……今年的夏季廟會上，我就聽小椿說過「有個賣烤雞串的對手」，真沒想到就是小柊啊～

有時候世界看起來很大，其實意外地小啊！真的是嚇我一跳！

可是，更讓我嚇一跳的是……

「為什麼……這是為什麼～～……這次吾明明應該贏得了啊～～……」

……這個對手開了渦輪加速似的，輸得音速快。

從聖戰開始，我只是稍微移開目光一下就分出勝敗了耶……

「根本不是對手呢。」

「啊嗚嗚～～……好不甘心啊～～……」

小椿宣告得勝，小柊滿身醬汁，仆倒在地。

聖戰篇完結得好快啊。

只是姑且不論滿身醬汁這件事，勝敗的結果倒是挺合理的。

根據她們所說，小椿與小柊之前也進行過多次這所謂的聖戰，但小柊似乎一次也不曾贏過。附帶一提，她的敗場數多達一五一次。

啊，如果加上這次就是一五二次啦？恭喜刷新紀錄。

然後一再落敗的小柊為了勝過小椿而想到的起死回生妙計，就是「拿如月雨露當盾牌，對小椿挑起聖戰」。

這實在太莫名其妙，讓我十分困擾，但仔細一問詳情才知道小柊是打算僱用我在她工作的「元氣烤雞串店」打工，負責處理客訴。

她大概是打算先做好這樣的準備，再對小椿工作的「陽光炸肉串店」挑起銷售量對決……

然而，小柊的這個圖謀失敗了。

畢竟我已經在小椿的店裡工作了。

這時小柊就為了僱用我在她店裡工作，挑起了聖戰，然而……她原本就是因為贏不了小椿才想拉攏我，卻弄得為了拉攏我而向小椿挑戰，這已經把手段和目的大大搞反了吧？

而她本人卻沒發現這一點，向小椿挑戰，也就澈底地被打垮了。

「那我們回去大家那邊了。」

小椿一把抓住倒在地上的小柊的制服，拖著她走過來的模樣，著實有著壓倒性的大姊風範。帥氣又能幹的女人，指的就是這種情形啊。

「哈咪嗚～～……」

相較之下，對手可說毫無風範。

一般來說，兩個對手當中晚出場的那個應該要是高階相容版才對吧？她根本弱得非比尋常。

「花灑，久等了。我剛忙完一些事情……呃，為什麼你跪坐在地上？」

「如果妳可以猜到起因是妳們兩個的行動，那就太令人感謝了。」

「啊，是這麼回事啊。」

妳這麼快就意會過來，真是幫了我大忙。趕快救救我。

「小椿，可以請妳解釋一下這是什麼情形嗎？為什麼妳們會讓花灑同學……親……親親親……親吻妳們的手背呢？虧我本來計劃之後要這麼做的！」

喂，Cosmos，妳後半是不是提到什麼奇怪的計畫？

「呃，我和這女的過去為了各種賭注，打過很多場聖戰呢。」

為什麼要特地把對決說成「聖戰」……在意這點大概也只是焚琴煮鶴吧。

「然後，這種時候我們有個規定，就是要用自己的手背去碰賭注的事物呢。這次因為是賭上花灑的聖戰，我們就把手背抵上花灑的嘴唇呢。」

小椿這個人平常明明比誰都鎮定，偶爾卻會做出破天荒的行動，所以很可怕。

「原來是這麼回事啊。雖然不能接受，但能夠理解了。」

Pansy 和其他人雖然仍顯得不高興，但聽了小椿的解釋，似乎明白了怎麼回事。看來不用受到不合理的暴力傷害，讓我先放下心來。

「嗯，讓大家心情不好……真的很對不起。」

小椿乖乖低頭道歉。該道歉的時候能夠道歉，也是她這個人之所以讓人覺得靠得住的原因。

「來，小柊，妳也要道歉。還有，自我介紹。」

「嗚、嗚唔……」

在小椿的催促下，小柊猛然起身。醬汁氣味有夠重。

然後，她朝 Pansy 等人看了一眼，緊接著卻又瞪著小椿。

「為什麼吾就非得做這種事情！吾才不接受汝的指使——」

「聖戰中輸的一方要怎麼樣？」

「……唔！對勝利者的任何命令……都要遵守……」

「嗯，妳很清楚嘛。那麼，快點。」

「也不想想汝只是贏了那麼一點點，這麼囂張……」

也不想想妳明明輸了那麼一大截，這麼囂張……

「我、我……吾叫作……元木智冬。很抱歉……給大家……添了麻煩……」

她全身發抖，做自我介紹和道歉的模樣真的是說有多沒出息就有多沒出息。

真虧她還好意思說自己是小椿的對手。

「妳真的是一點都沒變呢……唉……真沒出息呢……」

真的就是這樣啊。

「我說，元木同學……妳比起轉學來的時候……」

Pansy 似乎對小柊的情形有些在意，微微皺著眉頭。

「唔？什麼事？」

「沒有，沒事。」

「知道了。」

相對地，被 Pansy 問起的小柊則握緊拳頭，全身發抖。

這兩個人同班耶……以後要不要緊啊？

算了，沒關係吧。不管怎麼說，我好像得到了原諒，也差不多該站起來……

「花灑同學！這邊！這邊空著！」

最近我總覺得我們學生會長的幼兒化情形非常嚴重。

她用有夠天真無邪的笑容一直朝我招手……

那麼，我就走向 Cosmos 身邊吧。

「補充一點，小柊是在一間叫作『元氣烤雞串店』的店裡工作呢。她跟我從以前就有奇怪的緣分，算是有點交情。把姓氏裡的『木』和名字裡的『冬』拼在一起，就會變成『柊』呢。」

與其說對手，不如說是姊姊吧。有個不成材妹妹的姊姊。

「這樣啊！請多指教啦，小柊！我是葵花！」

「我是在這間學校當學生會長的秋野櫻！請多指教了，小柊同學！」

「我是校刊社的羽立檜菜！叫妳小柊……可以吧？請多指教了！」

「…………哼……哼！」

哇，好糟。

小柊這傢伙都看到三個人對她自我介紹，卻連話也不回，轉頭看旁邊。

不過大概也是會這樣吧……就是會變成這樣耶……

不是我要套用剛才小椿的話……但她真的一點都沒變啊……

「呃～～……小椿和小柊從以前就很要好嗎？」

Cosmos 對小柊的態度不解，於是轉而對小椿問起。

她多半是想緩和一下這沉重的氣氛。

「Cosmos 學姊，這妳就說錯了呢。我和小柊，不要好呢。」

「咦？可是，妳剛剛還介紹她……」

「就只是甩不掉的緣分。小柊根本不是我的朋友還是什麼人，而且我也討厭小柊。」

「啊，是……是這樣啊……」

好的，氣氛變得更沉重了。

小椿為人嚴格卻又體貼，會這麼明白說出「討厭」，情形可就相當嚴重啊……

「嗚嗚嗚……花灑同學……怎麼辦……」

「不知道。」

Cosmos 啊，就算妳淚眼汪汪地拉著我的制服，也什麼問題都解決不了啊。

我也挺受不了這種沉重的氣氛。

「唔嗚嗚！吾還是不能接受！小椿，我們再來一次聖戰！」

不會看人臉色的人真的好厲害。

「唉，妳真的是三番兩次都學不乖……啊，對了，我想到了一個好主意呢。」

小椿妳這真的是「好主意」吧？

「小柊，我已經受夠跟妳耗下去了，我希望下次就是最後一次呢。」

「喔喔……這意思是說，汝要對吾背水一戰？」

著實地在接近啊……我是說妳的末日。

「可是，既然說是最後，如果沒有個該有的樣子，吾是不會接受的。如果內容只是隨便湊數，吾會一再出現在汝面前！」

不愧是烤雞串店的女兒，這發言有如會隨著火焰復甦的不死鳥……菲尼克斯（註：日文中的烤雞稱為「焼き鳥」）。

「嗯，我當然打算在配得上最後一場聖戰的顛峰舞台，展開最顛峰的聖戰呢。畢竟如果是普通的聖戰，我就是會打贏嘛。我是打算滿足讓妳有勝算的最低限度條件呢。」

什麼叫作普通的聖戰？

我這輩子還是第一次跟聖戰扯上關係耶。

「滿足最低條件？小椿……汝可真把吾給看扁了啊。」

沒有看扁，那是極為適切的處置吧。

「不要以為做了這麼點準備，吾就贏得了汝！既然說是最後一次，吾要求進行一場條件壓倒性對吾有利的聖戰！」

不要要求。

「不用擔心。只要妳做得好，妳會有充分的機會獲勝呢。」

「……唔，既然汝這麼說，吾就讓步吧。」

是人家對妳讓步啦。

「那麼，我可得問清楚……我說啊，Cosmos 學姊。」

「我嗎？什……什麼事呢，小椿同學？」

「下週六……有一場在命運引導下將萬民分為紅蓮與純白戰士，彼此競賽力量與技能的時刻……『全知全能之宴（奧林匹亞）』沒錯吧？」

就是運動會吧。

妳們兩個是患了什麼不把事情換個方式來說就會死的病嗎？

「是……是啊。除非天氣非常差，否則照計畫是會辦……」

Cosmos 不去提「全知全能之宴」，看來她是避免自己進入聖戰世界觀。

「那麼，我和小柊可以在裡面各自擺攤嗎？」

「咦，擺攤是嗎？」

「嗯。我的『陽光炸肉串店』和小柊的『元氣烤雞串店』。我希望可以在『全知全能之宴』讓這兩個攤販擺攤，可以嗎？」

原來如此。她是打算在運動會上，讓炸肉串店和烤雞串店來個銷售量對決吧。

既然這樣，這對她們雙方都是拿手領域，而且小柊也有贏一次的機會……可是，要讓攤

販進來擺攤應該有困難吧？這需要各種許可，應該不是這麼輕鬆就可以……

「這不成問題！我早就想到會有這種情形，事先拿到了所有需要的許可！我正好想確認會有什麼樣的攤販，所以妳的提議幫了我大忙！」

「謝謝妳，Cosmos 學姊，妳也幫了我大忙呢。」

竟然已經拿到了喔！真不愧是超級學生會長，妳是劇情需要至上主義不可或缺的人才。

「只是，如果要擺設攤位，就得在這個表格上填寫參加者姓名、出售品項、烹飪步驟與材料，這點可以請妳們確實遵守嗎？」

「嗯，知道了呢。」

準備實在太周到的 Cosmos 拿出兩張表格，小椿接了過去。

順勢把一張遞給小柊。

「來，這是妳的份。」

「辛苦了。」

為什麼這女的可以這麼跩？

「小柊，妳應該已經懂了吧？懂得我跟妳的最後聖戰是比什麼……」

「小椿啊，汝可真是選了個愚昧的手段……」

這是很正當的手段。

妳從剛剛就一直只有演出強勢角色這點做得很完美啊，喂。

「嗯。我們各自在『全知全能之宴』擺攤，然後，賣出比較多串的一方，就是聖戰的勝利者呢。」

「哼哼哼……真讓人技癢。」

「還有，可以幫忙攤販的只有學生嘍。如果讓大人介入我們的聖戰，就太沒意思了。」

「汝這一問問得愚昧又多餘！」

妳只有口氣很帥氣啊，就只有口氣。

小柊啊，這的確比個人戰要有勝算，但妳可有發現狀況還是壓倒性對妳不利？妳可是今天才剛轉來的轉學生耶。

「那下週六！吾就在『全知全能之宴』上和汝分個高下！這次……這次吾一定會贏！」

小柊不知道從哪兒變出一根串枝，指向小椿，擺好了架勢。

妳全身只散發出輸家的氣味。

「那妳可要好好拿出真本事喔，我也不會手下留情，會全力以赴。」

小椿，妳多少放水一下啦，因為就算放水，贏的大概還是妳。

而且，不會手下留情，全力以赴，是要怎麼個全力……嗯？

怎麼小椿笑咪咪地看著我……

「……我說，葵花、Cosmos 學姊、翌檜、Pansy、花灑，你們能來我的攤位幫忙嗎？」

真的有夠不留情！看樣子，她是真心要打垮小柊啊……

「擺攤！好像會很好玩！我想試試看！」

「我也無所謂！而且我從不曾有這樣的經驗，反而務必想請妳讓我參加！」

「我當然也參加！包在我身上！」

「謝謝妳們，葵花、Cosmos 學姊、翌檜。」

啊～～不妙啊……運動神經特強的葵花、頭腦清楚的 Cosmos、情報專家翌檜……轉眼間就有三個外掛級角色加入小椿這一方了。

「我就不了。我不太喜歡和陌生人交流。」

「嗯，雖然很遺憾，不過我明白了呢。」

Pansy 不參加嗎？有點……也不是沒料到。

擺攤要和不特定多數人接觸，我怎麼想都不覺得這女的會率先去做這種事。

算妳走運啊，小柊。

如果連 Pansy 都加入小椿這一邊，妳的勝算已經完全消失了啊。

「那就只剩花灑了……」

「不好意思，我也不了。」

「咦～～！花灑也一起來嘛！一定會很開心的！」

「就是啊！我也想和花灑一起擺攤！」

「咦咦！花灑同學不參加嗎？那我到底要和誰互餵炸肉串呢……虧我那麼期待……」

別那麼沮喪。
為什麼 Cosmos 從剛剛就一直偷偷摻進一些個人的願望？
「不，我不是不參加。」
我一邊回答她們三人的提問一邊走動。
然後我站到只瞪著小椿一個人，擺出一副跩樣的小柊身邊。
「我參加這邊。」
我看著她們四人，直接說出來。
「喔喔！花灑！汝願意來這邊，吾好開心！」
妳開心是沒關係，但不要靠我太近。
因為妳醬汁味有夠重。
「為什麼不選我，而是加入小柊那邊，我想知道理由呢。」
唔！總覺得被小椿直視著問問題，就會很緊張啊……
「小柊才剛轉學過來，幾乎誰都還不認識吧？我就想到既然這樣，至少從以前就多少認識的我最好還是最低限度地幫幫她。而且，我也想報答之前承蒙她照顧的恩情。」
「嗯……這樣的話，倒是可以接受呢。」
「這樣的話」……是嗎？看來小椿算是接受了，但總覺得不能完全放心……
「小椿！花灑站在吾這邊！耶耶耶～～！」

「妳最好別以為有花灑一個人幫妳，妳就贏得了我呢。」

真的，小椿說得沒錯啊。

只是，我仍然選擇加入小柊這邊，除了告訴小椿的理由之外，另有一個理由。

小柊雖然有很多問題，但她自己非常拚命。

儘管有著壓倒性的實力差距，仍然想盡力贏小椿的這種心意。

該怎麼說……就是會深深打動我啊。

小柊也許會讓人覺得是個傲慢又蠻橫的傢伙，但其實不是這樣。她就只是太純真，只能活得這麼笨拙。此時此地，確實明白這點的只有我一個。

所以，就算是螳臂當車，就算沒有勝算，既然我無法在小柊店裡打工，至少在她們兩人對決時，我希望站在小柊這一邊。

我們一起加油吧……小柊。

應該不會…………………………真有人以為我會這麼說吧~~~~~~~！

怎麼可能啦~~~~！我怎麼可能是這種大好人，會因為這種理由去幫她！

我選擇加入小柊這邊，當然全都經過盤算！……那麼，是為什麼呢？

答案就在剛才小柊和小椿的對話當中！

『聖戰中輸的一方要怎麼樣？』

『……唔！對勝利者的任何命令……都要遵守……』

沒錯！就是這裡啊！這裡！

在葵花、Cosmos 和翌檜加入小椿團隊的時候，我就發現了！

發現如果小柊得勝……就會有「四個美少女對我絕對服從」！

如此一來……以前我那進展到只差臨門一腳，卻終於沒能實現的壯大而又純情的野心，這次終於能夠實現！

……咦？各位要問是什麼野心？喂喂，各位已經忘記了嗎？

那沒辦法了！

我就把那個時候……我在地區大賽決賽時說過的話，再說一次吧！

『星期一是 Cosmos 會長，星期二是葵花，星期三是翌檜，星期四是 Pansy。這樣大家就平等了！沒錯吧？一點也不奇怪吧？』

就是這個啊啊啊啊！我話先說在前面，我可完全沒有放棄創造這個合法後宮！

我在地區大賽的決賽那場和水管的對決中獲勝後，想作為獎賞收下的就是這種偉大的青春少年小說情節！當時雖然發生了不可思議的現象，所有人都莫名地拒絕了我，但這次我可不會讓事情重演！我絕對會要她們答應我的要求！

而且從以前我就一直在想，大家太不把我當一回事了！

正因如此，我更要一舉反敗為勝！

壓倒性的王者立場！以及對我順從又好打發的女主角！

我要努力贏過小椿，把這兩樣東西納為己有！

相對地，如果小柊落敗，我是有可能陷入窘境……但這一～點也不需要擔心！這點我當然也已經盤算好了！畢竟……

「欸欸，Cosmos學姊，翌檜！擺攤是要做什麼事啊？我都沒做過，所以很期待！」

「我也是啊，葵花同學！光是想到討論各種銷售策略或舉辦試吃會等等的情形，就覺得好雀躍！」

「呵呵呵！傳單就交給我來做！我會做出讓大家無法不產生興趣的美妙傳單！」

就像這樣，Cosmos她們根本一丁點都沒發現聖戰的真相！

呵……偶爾挑戰這種幾乎沒有勝算的戰鬥也挺不壞的啊……

因為輸了也一～點問題都沒有嘛！然後贏了就是天堂，這不是棒透了嗎？

「嘻嘻嘻！花灑，我不會輸的！我會努力～～！」

「好啊！我們堂堂正正、光明正大比個高下吧！葵花！」

嘿嘿嘿！最近有太多意料之外的麻煩找上門，對欲望忠實的我都銷聲匿跡，這點似乎起了功效，所有人都澈底沒在防我！

「花灑啊，我們兩個去開作戰會議。我們要離開這裡。快點，快點快點。」

小柊，不要這麼用力拉我的制服。

「好啦……那妳跟我來。」

「嗯。汝可要帶吾去個誰都不會來的地方喔，真的要是個誰都不會來的地方喔。」

「好好好……」

眼前我也有很多事情想問小柊，就趕快離開吧。

*

「這裡就絕對不會有人來。」

「……哦。」

我帶小柊去到的地方，是屋頂。

現在這時段，幾乎所有社團活動都結束了，大部分學生已經離校。除非有學生打算在這裡表白，不然肯定不會有人來吧。實際上也真的沒人在。

「唔。這裡景觀也好，是個很棒的所在。」

小柊把這裡當自己家似的，走在她今天才第一次來到的學校屋頂。

她仔細四處張望，檢查有沒有人在。

……好啦，那差不多該進入揭曉謎底的時間了吧。

元木智冬……這個人稱小柊的女生那太抱歉的缺點。

——說是這麼說啦，說不定也有人已經從到目前為止的情形中發現了。

說穿了呢，這個叫作小柊的女生……

「呼啊啊啊啊啊！好緊張啊啊啊！好可怕啊啊啊啊啊！」

是不得了的怕生。

她就像吹鼓的氣球洩了氣，噗咻～～一聲流失了緊張感，本來自信滿滿又囂張的雙眼一下子變成圓滾滾的稚氣模樣，明明到剛剛都還那麼跩，現在卻蹲下去抱著膝蓋。

「好可怕！好可怕啊！有那麼多不認識的人在，好可怕！我想回家！」

這就是小柊的真面目。她的外表和態度容易讓人覺得她是個自尊心很高的傢伙，其實根本不是這麼回事，她是個極盡沒出息之能事的女生。

「嗚嗚～～！在那麼多人面前說話，害我現在覺得好噁心～～會死掉～～」

當然了，剛剛那些大言不慚的口氣也全都是騙人的。

這種懦弱又幼稚的口氣才是真正的小柊。

她的個性是超絕沒膽。

跟第一次見面的對象根本沒辦法說話，光是對方靠近，都會拔腿就跑。

卻又極端厭惡獨處，澈底怕寂寞，是個非常難搞的傢伙。

那麼，為什麼先前她在圖書室會用那麼跩的態度和大言不慚的口氣……照她哥哥的說法，她只有在「即使逞強也得努力撐下去的時候」，會為了鼓舞自己而變成那種態度。

啊啊，為免誤會，我還是先說清楚，小柊並沒有隱瞞這件事。

應該說，這女的根本沒有足以掩飾自己本性的那種規格。

「啊啊～～！還是這個姿勢最自在～～！」

小柊抱著膝蓋，身體前後緩緩搖動，顯得心滿意足。

她豐滿的胸部受到擠壓，讓我不知該往哪兒看。

真希望她對自己成熟的好身材有點自覺。

「花灑，好久不見！謝謝你記得我！」

她換掉緊繃的嚴格表情，用天真無邪的笑容看著我。好可愛。

她的外表真的很棒啊。

雖然內涵的廢有著幾乎要超越某棒球隊經理的勢頭。

「要忘記像妳這樣的傢伙反而才強人所難吧。不過也是啦……好久不見。」

「嗯！一般我很討厭轉學，但這次我聽哥哥說有花灑在，所以非常期待！這裡是一間很棒的學校！」

至於怕生的小柊為什麼對我可以用這麼隨和的態度相處……理由就在於我和她第一次見

面的今年地區大賽決賽。

當時我為了躲過葵花和 Cosmos，就請她哥哥開的烤雞串店藏匿我，而我跑得太累，耗盡了體力。

搞得整個人有夠狼狽地倒到地上。

小柊似乎就是看到我這樣，判斷我是個「不危險的人」。

之後她就對我有夠黏的，然後結果就是小柊的哥哥要我幫忙兜售，以便幫助她改善怕生的問題。

至於成果……我為了贏得和水管的對決，拜託她拿髮夾給我，結果她斬釘截鐵地說：「我不敢去人很多的方！會死掉！」如果各位可以從這件事判斷，那就是萬幸了。

「其實一轉學過來，我就馬上……早上就去見你了！可是，花灑你每天都有人陪著，就算想找你說話也一直找不到機會！我真的好寂寞！」

「那可真是遺憾啊。」

「可是，到了放學後，我無助到了極點，拚命找出你，明明有那麼多人在，還是跟你說話了！我真的很努力！」

她靈活地以抱著膝蓋的姿勢一點一點地挪到我身邊來，然後就像來玩耍的貓咪，把頭往我的腳上蹭。多半是要我誇獎她吧。

「噢，很棒很棒，妳很努力。」

我順從她的要求，摸摸她的頭，發現她的頭髮比我想像中更柔順，伸手摸的我自己也覺得很舒服。

這還挺……應該說，相當令人難為情，不過……

「哼哼～～！多誇我一點～～！」

小柊她不太會在意這種事情……

看她笑得有夠開心的。

「我在小椿面前不能露出醜態，這是當然的！」

妳根本醜態畢露了耶。

「對了，為什麼妳會對和小椿的對決——」

「是聖戰！」

「……為什麼妳會對和小椿的聖戰這麼執著？」

還有，為什麼對聖戰這個說法這麼執著？

「我想花灑你大概沒發現，其實我和小椿有著非同小可的恩怨……」

「真……真的假的……」

原來妳以為我沒發現……

「小椿和小柊……兩人分別生在炸肉串和烤雞串這兩個對立的家族。炸串者和雞斯坦……兩人被強要鬥爭，供用仇恨，受狂妖的命運玩弄……」

「Kyouyou」也太多了。（註：「強要」、「供用」、「狂妖」日文讀音皆為「Kyouyou」）

「以前我們兩人還是很要好……兩家人來往很密切。」

咦？是這樣？我還以為她們從以前就因為兩家人的問題而交惡，原來不是這樣嗎？可是小椿就明白說了「討厭」她吧？

「我們兩人都常轉學，但有種不可思議的緣分，每次都在同一間學校。以前我沒和小椿一起的日子反而比較少，和小椿一起度過的時間非常開心。」

「這樣啊，原來妳們本來很要好啊。」

看著她們現在的情形，實在難以置信……

「就是這樣！常有人拿我們比較，很傷腦筋，但我們非常要好！我有自信！我對小椿比誰都清楚！」

她笑得有夠幸福的啊。

對小柊來說，和小椿一起度過的時間多半就像她的寶貝。

「小椿從以前就很能幹，大家遇到困難時，她都會率先去幫助大家，是個很靠得住的孩子！她和我這個平凡的女生不一樣，是與眾不同的女生！光是待在這樣的小椿身邊，就讓我也覺得很自豪……那是一段好幸福的時間！」

平凡的女生？誰啊？

「可是，這種幸福的時間並沒有持續太久……」

妳開場白很長耶。

「那是我上了國中後一陣子……小椿突然對我說『妳和我已經不再是朋友』……之後，小椿就不再跟我一起了。」

「這可能是有什麼理由吧？」

應該說絕對有吧。小椿又不可能突然做這種事。

但小柊本人八成不知道理由吧。只見她用力搖頭。

「理由我完全想不到……忘了寫功課時我去偷抄小椿的筆記；吃掉小椿留著要慢慢享用的奶油蛋糕上的草莓；把小椿雀躍地說『下次要看呢』的老電影《靈異第六感》和《鬥陣俱樂部》的結局說給她聽，就像這樣，我們兩人明明過得很開心，為什麼！……嗚嗚嗚！」

妳早該懂啦。

例如說出《靈異第六感》和《鬥陣俱樂部》的結局……這可是重罪啊。

「我還是問一下……除此之外，妳還跟小椿有過什麼『一起過得很開心』的事蹟嗎？」

「除此之外，就是我有很多事情都找她商量。尤其是上了國中以後，我就去找她說『最近胸部愈來愈大，好礙事，我好羨慕小椿』……」

就是這個了吧。這就是 Best of 原因了吧。

真沒想到她毫無自覺地戳中了小椿獨一而且無二的缺點……

「那妳就是因為被小椿討厭了，也就跟著討厭她，所以找她打聖戰？」

「不是！我到現在還是好喜歡好喜歡小椿！體貼的小椿、可靠的小椿、什麼事情都難不倒的小椿。她是我非常重視的人……」

小柊以灌注了堅定決心的眼神看著我。

「為了再和小椿當朋友，我要贏過小椿！只要打贏聖戰，就可以對對方下任何命令！所以，我要贏過小椿，然後拜託她『再跟我做朋友』！」

所以小柊才會不管輸了多少次都繼續向小椿挑戰嗎？

就因為想再跟小椿當朋友這種純真的——

「到時候，我就又可以讓小椿寵我，過著快樂的校園生活了！」

原來只是個寄生女。

我也沒什麼資格批評別人，但小柊也相當糟。

「所以花灑，希望你幫我！這次的聖戰是第一次團體戰！花灑願意和我並肩作戰，我非常開心，可是我們還很缺人手！」

「嗯，這件事妳放心，我會好好幫忙找人的。」

主要是為了我的王道青春少年小說。

哼哼哼……葵花她們大概不知道吧。

小柊雖然廢到極點，但她烤的烤雞串很不得了。

以前我吃到的時候……那好吃的程度，比起小椿的炸肉串是有過之而無不及。

也就是說，如果是比擺攤，總還勉強有著一線勝利的希望。

「真是太靠得住了！那我們從明天起就立刻開始找人！」

「好啊。」

對方是能幹又高規格的小椿，再加上Cosmos、葵花、翌檜這樣的豪華成員，陣容可說壓倒性地強。

相較之下，我們只有兩個人，一個烤雞串本事是達人級卻超級怕生，另一個就只是個大變態。

照這樣下去，不管怎麼抵抗都沒有勝算。

「然後啊，其實有個可靠的人才，只要講一聲，馬上就會答應參加！」

為什麼呢？看到小柊雀躍的模樣，我卻只有愈看愈不安。

「……妳說的，不是我吧？」

「不是！是我今天交到的朋友！是跟我同班，坐我隔壁的朋友！」

「啥！有這樣的人喔？」

真的假的！如果告訴她哥哥，他應該會有夠高興的吧？

畢竟他就是一直很在意小柊交不到朋友，才會想治好她怕生的毛病。

「問一下，妳說的是誰？」

「嗯！我這個朋友啊……」

如果是個可靠的傢伙，那會幫我們大忙……

「她叫作三色院堇子！」

這女的在說什麼鬼話？

「妳……妳說三色院……堇子？」

「她是個非常體貼、開朗又積極的女生！」

她是個非常嚴厲、陰沉又消極的女生！

不……應該不會吧～～？不會有這種事情吧～～？

我想一定是搞錯人，又或者是有人同名同姓。

「呃～～妳說的三色院堇子……同學，平常是做什麼的？」

「你在說什麼啊？就是剛剛待在圖書室，綁辮子戴眼鏡的三色院堇子啊！」

如果可以，真希望是誤會一場！

「她那樣跟我要好地說話，那麼用力表達想一起擺攤，你竟然都沒發現，花灑你真的是太嫩了啊！」

哪裡？我該從哪裡吐槽起！

「……我、我還是先問清楚，妳們是怎麼變熟的？」

「就是上課中，我不小心弄掉了橡皮擦……」

竟然來這招！雖然說王道也是很王道沒錯啦——

「她就想幫我撿！雖然我自己就給他撿起來了！」

真希望妳至少是讓她幫忙撿，再來談友情。

「剛才她在圖書室的情形你也看到了吧？錯不了，我和堇子已經是超級好朋友……不，是比超級好朋友更進一步！」

才剛認識就自以為進展到了不得了的地步嘛。

在圖書室的那個情形，是要怎麼解釋才會變成這樣啦？

明明是妳的態度差太多，讓她覺得可疑，做出了尷尬的反應吧。

「呃，我記得妳在圖書室根本沒和 Pansy 說上幾句話……」

「嘖嘖嘖，花灑，你還不懂堇子啊！」

我有自信至少比妳懂喔。

「沒辦法，我就告訴你當時我跟她那些對話的真正含意吧！」

我可以回家嗎？怎麼想都只覺得再聽下去也只是浪費時間。

不行吧。她都一把抓住我的制服了。

「小柊劇場揭幕！噔噔噔～～！」

似乎還順便開始了這莫名其妙一人飾兩角的小柊劇場。

「堇子，讓妳這麼不自在，對不起……」
「妳都好好道歉了，沒關係的，小柊☆從下次起要注意喔☆」
「知道了，我會注意的！」
「唉……☆根本都沒機會和小柊說話呢☆堇子好沮喪☆」
「咦？妳怎麼啦，堇子？」
「沒……沒什麼☆下、下次，我們再慢慢聊吧☆」
「知道了！我也好期待好期待！」
以上就是由小柊自導自演自看的她與 Pansy 的對話（改編版）。
為什麼 Pansy 的發言全都加上了「☆」？
她可不是走這種充滿快樂氣息的路線喔。花灑好沮喪☆
「——我們的談話大概就像這樣！沒錯吧？知道我們很要好了吧？」
我現在知道對同一句話的解釋真的可以因人而異了。
「我真的好高興好高興……幾乎都要當場手舞足蹈起來，所以才用力握住手忍耐！」
原來那是在高興啊……
「啊啊～～！轉學來這間學校真的是太好了！小椿在，花灑也在，還有堇子在……這真的是非常非常……是全世界最棒的學校！」
怎麼辦……小柊露出的笑容幸福得像是隨時都會蒙主寵召，但 Pansy 把小柊當朋友的可能性是萬中無一。

畢竟她對朋友都是用綽號來稱呼。

但她稱小柊為「元木同學」。

這也就是說，她並沒有把小柊當成朋友看待。

「呃，小柊……Pansy 還是算了吧。除了她以外，還有其他靠得住的傢伙……」

「沒有人比堇子可靠！」

也許是這樣沒錯啦，可是就連小椿都沒能邀 Pansy 入夥啊。

妳以為憑我跟妳就有辦法邀她入夥？

「堇子她能夠用寬廣的視野觀察事物來行動，是個很厲害的人！所以，只要能讓她和我們一起擺攤，她就會發現我們沒發現的小問題，引導我們解決！」

關於友情是誤會成分１００％，對能力的描述卻不知道在精準什麼，總讓我覺得有點火大。

「花灑，你聽好了，在聖戰裡，小小的失誤都會致命！小椿是完美超人！是絕對不會失誤的女人！相較之下，我卻滿滿的失誤！」

妳自己說著都不覺得悲哀嗎？

「所以，我們要得勝就必須有完美得能夠和小椿匹敵的堇子！」

為什麼只有這個地方都不給我反駁的餘地？

……就是這樣啊～～我們的狀況離糟糕透頂只差一步。

接下來，是不容發生任何一個失誤的狀況。

……然而小柊是不用說，我也屬於會搞出各種失誤的類型。

所以能夠預測事物發展，防患於未然的 Pansy 能加入當然是最好……或者應該說，是絕對必要。

「也對……就把 Pansy 算進陣容裡吧……」

「你能了解，我好高興！」

不，其實我從一開始就很明白……

圖書室成員當中有著最強無敵規格的女人——小椿。

坦白說，就算是校內極受歡迎的葵花和 Cosmos……甚至是小桑，如果和小椿進行一對一的正面對決，除非選的是他們特別拿手的領域，不然多半都贏不了。

對上這樣的小椿，唯一有可能得勝的……就只有 Pansy。

也就是說，我們要贏過小椿，Pansy 的加入是不可或缺的。

或許是暑假期間一直在忙碌的圖書室負責櫃臺業務，她處理人潮的本事格外高明，「如果認真起來」，她在外表方面也是無敵的。

問題就是邀她入夥的難度啊～～

小椿都被拒絕了，怎麼想都不覺得憑我和小柊有辦法搞定……

可是，如果做不到就贏不了，那就非做不可……

「花灑，不用一臉那麼擔心的表情，安啦！只要我去邀，堇子馬上就會點頭！」

「此話何解？」

「因為堇子她被小椿邀了卻還是拒絕！她一定是在等我邀她！我很清楚的，妳儘管放心吧，堇子！」

Pansy，明天會有個什麼也不懂的呆子去找妳，妳就儘管不安吧。

事情多半會搞得很麻煩……還都不例外地會牽扯到我。

「有堇子和花灑一起，這次我一定會贏過小椿！就用我們的要好 Ultra Dynamic 友情之力，把小椿打得落花流水！」

照這樣下去，被打得落花流水的肯定是我們啊……

而且除了 Pansy 以外，還得找更多靠得住的成員。

唉……乾脆把邀 Pansy 的工作交給小柊……

「等我明天去邀堇子，她一定會睜圓了眼睛說『我好高興☆謝謝妳，小柊☆』！讓我好期待好期待！」

不能交給她啊。

……我的王道青春少年小說，路途可真艱險……

我一切都很順利……才對……

「早啊～～花灑！」

「痛死啦！」

「花灑！早上打招呼要說的不是『痛死啦！』，是『早安』才對！」

早上，我被二話不說就竄過背部的衝擊弄得發出哀號，馬上就有抱怨聲飛來。

不用看長相也能輕易斷定凶手。會做這種事的傢伙只有一個。

「葵花！我說過多少次，叫妳不要一大早就拍我的背……而且我昨天明明也說過！」

「嗯！你說過！我都記得很清楚！怎麼樣？很棒吧？」

「一點都不棒！既然記得，就不要拍！」

「我才不聽！我的早上不能少了拍花灑這麼一下！」

妳可能覺得很開心，但我背上可是會受到重大傷害！

夠了，我忍不下去了！今天我一定要狠狠……喔齁。

「今天我們也要一起去上學！來，快點快點！」

這孩子實在是喔，那麼開心地抱住我的手臂……

沒辦法，就只有今天，看在這美妙的感覺分上，我就破例原諒她吧。

真的，我說真的，就只有今天啊。

「花灑花灑！運動會，我們要努力拿到冠軍喔！」

雖說有小椿與小柊的聖戰這個節目，但運動會的主軸還是運動會。是把各班分為紅組與白組對抗，比賽哪一組能得到高分的一大盛事。

我們班是紅組，Pansy 和 Cosmos 的班級是白組。

我們班坐擁小桑與葵花這樣的怪物，但由於個人能參加的競技種類項目有限制，不比比看就不會知道結果。

「是啊。話說回來，我是覺得我沒多少戰力啦……」

順便一提，我參加的項目是兩人三腳和借物賽跑。其中前半的兩人三腳是和翌檜搭檔。根據以往的經驗……光回想都累，所以還是別想了。總之就是變成這樣。

而葵花的出場項目是叼麵包賽跑和丟球入籃。

其實本來我們是要讓她參加得分比重較大的班級對抗接力賽跑，但她本人說「我想吃奶油麵包！」渴望參加叼麵包賽跑，就變成這樣了。

很寵葵花就是我們班的特徵。

「花灑可以的！因為我支持你！」

「……這樣啊。我也支持葵花。」

「太棒啦！那我也可以的吧！」

她笑得好開心……真想問她這根據到底是哪裡來的。

「……啊，對了！還有啊，我啊，昨天，把計畫告訴大家了！」

「計畫？什麼的計畫？」

「擺攤！我們的勝利已經是堅若磐石！」

磐石是吧。葵花會唸「磐」這對她而言難度很高的漢字，這點就予以肯定吧。

然而，雖說我們在運動會同樣分在紅組，但擺攤我則是參加小柊隊。她想把計畫告訴我，我是覺得非常不妥。

「……問一下，是什麼樣的計畫？」

不過我當然不會客氣啦。看我馬上開始收集情報。

「要加油！」

「……嗯。然後呢？」

「要加油！」

原來如此。硬拚就對了。

「真是個很有葵花風格的好計畫啊……」

「對吧～～？Cosmos 學姊也誇我：『葵花同學的計畫很完美，但為防萬一，我會先想些別的方案。』」

所以真正的計畫正由 Cosmos 構思是吧……真是可怕。

「順便問一下，葵花妳們接下來打算怎麼做？」

「我想想，今天我們要決定大家的工作怎麼分配，還有要辦試吃各種炸串，決定擺攤要推出哪些菜色的試吃會！我好期待！」

也就是說，小椿她們不打算再增加成員了是吧。

…………好～～機會。

哼哼哼……看樣子，小椿她們還沒發現。

其實是有的啊～～！我們學校裡就是有凌駕在Cosmos和葵花之上的人氣王！

照這樣子看來，是不用擔心會發生爭搶成員的情形，而且只要能把「那些人」拉攏到我們陣營，我的王道青春少年小說……唔嘿嘿嘿……

「花灑好像怪怪的！花灑有這種表情的時候，都會受到慘痛教訓！」

「妳！哪有可能！而且什麼叫作會受到慘痛教訓的表情啦！」

「總之就是這種表情！」

總覺得無法澈底否定的自己有點悲哀！……可是，我自己很清楚。

的確，以前我只要得意忘形，之後都會付出慘痛的代價。

可是我不會一直不長進！

這次我沒有絲毫大意，正經地朝著青春少年小說的目標邁進！

這是我誠心誠意的心願。

上天想必也偶爾會對我好，實現我的希望！

當然了，為了達成目標，我也不會吝於付出努力！……唯一的問題，就是這努力當中有個必要條件是「拉 Pansy 加入我們陣營」……

我要怎樣才能說服她呢？應該沒這麼簡單吧……

「花灑現在變成一臉很困難的表情了！你是怎麼啦？」

「我在想一些事情。」

「你在想什麼？我也想知道！告訴我！」

……好了，我該怎麼辦呢？

如果可以，我是很想隱瞞，但葵花就是可以輕易看穿我說的謊。

既然這樣……

「也沒什麼，就是小柊的事。」

用真相來掩蓋真相應該就是最好的手段了吧。

而且這確實是我腦子裡的煩惱之一。

「小柊？」

「因為她啊，昨天才剛轉學過來，似乎沒朋友。」

她本人是認為自己有個比超級好朋友更進一步的朋友啦……

「那我會去跟小柊當朋友！這樣一來，她就不會寂寞了！」

「好……好啊……那就拜託妳啦，葵花。」

只是那個超級怕生鬼啊，如果突然有人找她說話，多半會嚇得拔腿就跑。
「好～～！那我馬上跟她做朋友！」
「那就太謝謝妳了……等去到學校就拜託妳啦。」
「唔？為什麼得先去到學校才行？」
咦？我拜託她的說法有什麼不對嗎？
「沒有，妳想想，不在學校就見不到小柊吧？」
還是說，葵花有什麼用心電感應跟別人交流的能力？
如果有這種能力，那可是凌駕在 Pansy 的超能力之上。
「啊哈哈哈！花灑，你好傻啊！要找小柊的話，她不就在我們後面嗎！」
「……咦？後面……哇啊……」
是真的……她在……竟然給我在場！
葵花用手指向大約五公尺後方的電線桿。
一個女生可疑地從後面探出頭來，淚眼汪汪地看著我……錯不了，是小柊。
「為……為什麼……她會在這裡？」
「她一定是來見花灑的！一定是很寂寞啊！」
真的假的？也就是說，她一個人覺得很寂寞，特地一大早……在上學之前就先來找我！
既然這樣，坦白跟我說不就……啊，不行吧。

那個超級怕生鬼在有不曾說過話的對象——葵花在場的情況下，想也知道不可能敢開口說話。要說她能做什麼……也就只有寂寞地看著我們吧。

「該怎麼辦呢……」

她的外表乍看之下很成熟，卻以有夠沒出息的姿勢從電線桿後面探頭，所以不平衡感有夠重啊。

「很簡單啊！只要小柊也一起上學去就好啦！」

嗯，妳說得沒錯。但就是很難做到這一點，我才會為難。

「那我就去叫她來！」

「啊！等一下，葵花！」

不行！就算葵花用如何天真爛漫的笑容接近，對小柊都是……

「小柊～～早——」

「……咿！為什麼要過來啦啊啊啊啊！好可怕啊啊啊啊！」

「咦！」

我就知道會這樣！

小柊她在葵花靠近的瞬間，就發出有夠淒厲的哀號跑掉了！

「為……為什麼……？」

被留下的葵花只能怔怔在原地發呆。

陷入無法理解的事態時，人臉上會有的就是這種表情吧。

她就這麼雙眼滲出淚水，全身發抖之後……

「好過分！小柊好過分！好過分好過分好過分好過分！」

她似乎十分生氣，在原地跺腳。

「唔喔！葵、葵花，冷靜點！」

啊啊……我想起了今年地區大賽決賽那時候，兜售時的情形……

每次有客人叫到小柊，她就會講些惹人厭的話跑掉。

被留下的我要安撫生氣的客人可不知有多辛苦……

「我才不可怕！我什麼都沒做！」

「我知道！我都知道！來，別說這些了，我們上學去吧？」

「花灑！運動會，我絕對……絕對不想輸給小柊！我會有～～夠給他努力的啦！」

小柊今天早上的成果：幫葵花（敵）做了有～～夠大幅度的強化。

從一大早，我就只看得見多災多難的未來……

＊

我和葵花在校門口道別，前往體育館後面一看，結果已經有個人先到了。

小柊她背靠著一棵巨大的楓樹──「成就樹」，才剛放鬆下來。

「呼～～！好可怕啊～～！可是，來到這裡就可以放心了！」

她就這麼往下滑，抱著膝蓋坐下。

一樣是擺出不知道自己的身材有多惹火的超誘人姿勢。

「喂，小柊。」

「啊！花灑！早安！」

她一下子露出開朗又無邪的笑容，真的很惹人憐愛。

但她做的事情實在太過分，讓我沒有心思這麼想。

「今天從早上花灑就在，我好開心！我們要一起開作戰會議！快點快點！」

她拍打地面的手勢很熟練。

其實我是想在她班上會合，但待在教室這種會有很多人在的地方，這個怕生的傢伙根本不可能正常運作，所以不得不在這幾乎可以肯定不會有人來的體育館後面集合。好希望至少可以在有椅子的地方開作戰會議啊……

「在作戰會議之前……我可以先說句話嗎？」

「什麼事啊？」

「早上那件事……是怎樣？妳為什麼會在那種地方？」

「我是想跟花灑一起上學！結果去到一看，就看到你跟一個我不認識的女生在一起！」

昨天她和葵花在圖書室見過，但看來她甚至沒有心思去記住葵花的長相啊……

……可嘆。

「呃，我們不就想跟妳一起上學嗎……葵花可是去邀妳一起走的耶。」

「可……可是，我好怕！她那樣突然找我說話，我會嚇一跳！」

突然跑掉才更讓人嚇一跳。

「這一點，堇子就很體貼！她會避免嚇到我，不找我說話，只用行動表達友情，讓我好高興好高興！」

真相只是因為她沒必要就不會跟人說話耶。

「堇子她真的是個很棒的女生！開朗又活潑是不用說，還非常能幹！像上課要做的準備她也一下子就弄好，手法很俐落，又會好好顧好周遭，對一些小地方也都會幫忙注意到！如果我們跟她一起擺攤，她在結帳相關的工作上一定會非常活躍！所以，我們得趕快把堇子拉進陣容裡才行！」

為什麼在友情面有著天大的誤會，在能力方面卻能這麼精準命中要點？

「……所以，妳是打算怎樣拉 Pansy 進來啦？」

「當然，就像昨天說過的那樣，由我去找她！這樣她馬上就會答應！」

妳這自信到底是哪裡來的啦……

「妳打算幾時去找她？」

「我現在就去教室找她！擇日不如撞日！」

「咦？由妳過去？不是請 Pansy 過來這邊？」

這個怕生的傢伙是說，她要在有很多人的教室裡邀 Pansy 入夥……？

「那當然！特地叫來這種地方，對堇子就太過意不去了！」

為什麼妳對我就不能有這種體貼？

不過，看來她是有打算好好靠自己努力啊……

先不論會不會成功，這個志氣我是予以肯定。

「所以呢，我有事情要拜託花灑！」

我知道的。想也知道要拜託我提供天大的支援吧。

真沒辦法啊。既然她本人有心努力，即使她的提議多少有些強人所難——

「你去把教室裡的學生全部趕走！」

「哪有可能啦！不要若無其事地突破強人所難的容許範圍！」

這女的是怎樣！

與其這樣，帶 Pansy 來這裡還好得多！

「唔咦咦咦！那、那我要怎麼邀堇子！」

「為什麼選項就只有『趕走大家』這一擇啦！妳們同班又坐隔壁，多得是機會可以主動找她說話吧！妳就自己找機會說！」

「這樣的話，至少……至少我找她說話的時候，希望花灑也一起！」

「不要突然抱我的腳！趕快給我放……也不用放開啦～～」

喔喔……這個無自覺身材火辣女……還挺有一套的嘛！

「花灑……我要你陪我……一個人好寂寞喔……」

最先說的不是「怕」，而是「寂寞」？

真的是喔，怕生更怕寂寞啊，小柊這個人。

「……好啦。」

而且坦白說，我從一開始就這麼打算。

「謝謝你！我給你人情！」

是「欠」我人情。

「呃～～還有小柊，我先問個清楚。除了 Pansy 以外，再找些人來參加擺攤應該沒問題吧？妳應該不會想只靠我們三個人去對抗小椿……」

「怎麼可能！我們要找來更多人，打贏小椿！只要是花灑相信所以找來的人，我也能夠相信，所以不用擔心！」

好，讓她說出這句話相當重要。這樣一來，即使我拚命找來一群人之後，小柊硬要鬧彆扭說沒辦法合作，我也有辦法說得她反駁不了。

「那我們就先去邀其他人，然後再去找 Pansy 吧。呃～～……我想大概就在第二節課，或

是第三節課之後的下課時間……」

我得在這空檔想辦法擬定邀 Pansy 入夥的計畫。

「唔咦咦咦！為什麼要把菫子挪到後面！好過分！她好可憐！」

「妳……妳不是說……只要妳去邀，Pansy 就絕對會加入嗎？」

「那當然！就只差安排好我可以和菫子說話的狀況！」

我滿心想說既然如此，妳就自己安排狀況啊。

「這樣的話，又何必急著去邀她呢？比起邀她，還是先找其他成員——」

「真是的，其實明明想馬上來邀我，你就是不老實。」

「少囉唆。要邀 Pansy 入夥，需要擬定各種計畫啊。」

「正常來邀我就行的。」

「哪有可能？畢竟我們要邀的可是 Pansy 耶。」

「你這樣防著我，我好傷心……」

告訴妳，不管妳再怎麼用這種沮喪的態度看我，我的意見也不會改變。

要邀 Pansy 就得……嗯？嗯嗯嗯？

「……呃，Pansy ～～～！」

「是啊，我是。」

「為……為什麼，妳會在這裡……？」

她實在太自然地融入談話當中，這下可不是害我很正常地跟她對答起來了嗎！

「我進行每天跟蹤活動，結果就湊巧經過。」

這可以分類在湊巧嗎？

而且如果是這樣，先前的對話就全都被 Pansy……

「是啊，我全都聽見了……從昨天在屋頂開始。」

「洩漏的程度超乎我想像啊！」

「真是的，不要那麼大聲啦。堇子好沮喪☆」

妳用這種快樂模式我看不下去，馬上給我停止。

「啊！堇堇堇……堇……堇子！」

「早安，元木同學。」

「早早早……早……早安……」

「果然有沒有小椿在場就會讓妳的態度不一樣呢。這下我懂了。」

小柊急急忙忙站起來，手忙腳亂，而 Pansy 冷靜地分析她。

看著她們兩人這樣，就覺得也許她們意外地可以處得好。

「所以元木同學，妳不是有話要和我說嗎？」

「對……對啊！就是，這樣！」

也不知道是幸還是不幸，小柊能夠和 Pansy 說話的狀況已經成立了，但她行不行啊？

小柊就像機器人一樣，生硬地連連點頭……

「我說啊，董子……我想要妳跟我……一起擺攤……」

喔喔！雖然說得生硬，但她真的邀了！

「妳為什麼希望我參加擺攤？」

「呃……呃……我想贏過小椿。我好想好想贏她。可是，我一個人贏不了她，所以希望靠得住的菫子…………助我一臂之力！」

「……是嗎？」

小柊盡力表達自己的心意，Pansy 的反應挺淡泊。

大概是這樣讓小柊覺得不安，只見她用力抓住裙子發抖。

「不……不行嗎？」

小柊，妳不用那麼怕啦。

畢竟 Pansy 她……

「好啊，可以。」

就是來給出這個回答的。

「真……真的嗎？菫子，妳願意跟我們一起？」

「那當然。」

我真的嚇了一跳。真沒想到 Pansy 會願意幫助我們……

她都拒絕了小椿的邀約，所以我還想說已經沒希望了。

……咦？各位要問為什麼我知道 Pansy 會加入？

呃，就在前不久，她本人才說「正常來邀我就行的」……

「哇！哇啊啊啊啊啊！謝謝妳！我好高興好高興！」

「只是，我完全沒有這樣的經驗，也許不太有戰力。所以如果妳能多教教我，會幫我很大的忙，妳可以嗎？」

「那當然！我會好好教妳的！我們要一起努力，堇子！」

「知道了。我們一起努力吧，元木同學。」

「嗯！太棒啦！太棒啦啊啊啊啊！」

大概是有好好靠自己邀成功，讓她真的很開心吧。

只見她握住 Pansy 的手，蹦蹦跳跳地嬉鬧。

也許這次的成功可以轉換為自信，讓她怕生的毛病多少——

「啊啊～～！我好努力喔！有夠累的！花灑，我已經漂亮地把堇子邀進來了，之後的成員就拜託你了！」

妳對自己簡直像是把蜂蜜灌進樹膠糖漿又攪拌半天那麼甜啊，喂！（註：「甜」字在日文中亦可用於指稱對人太寵）

「那麼，我要去跟小椿炫耀！告訴她我邀了堇子入夥！她一定會稱讚我的！我好期待好期待～～！」

「啊！喂，小柊！」

她開開心心地跑走了，要不要緊啊？

想讓小椿誇獎是沒關係……但如果去到有很多陌生人的別班教室，我看小柊進去的瞬間就會死掉吧？

話說回來，她人都跑不見了，想阻止也已經太遲了……

既然這樣，現在我就先別管小柊，把注意力放到 Pansy 身上吧。

而且她從剛剛就一直拉著我的制服，要我理她……

「Pansy，妳昨天不是說妳不喜歡和陌生人交流嗎？」

「是不太喜歡，但我可沒說『辦不到』。」

即使是這樣，她竟然會率先去做自己不想做的事情，這實在是～～

坦白說，很可疑。我有預感，她在圖謀不軌……

「花灑同學，我覺得像這樣動不動就懷疑我，是不好的。」

「如果可以，我也想直接相信妳，但是妳的前科有點太多了。」

「不要回顧過去，直接衝向未來，不是比較棒嗎？」

「如果衝過去卻發現是斷崖，妳不覺得會掉進深淵嗎？」

「放心吧。你已經在深淵的最底層，不會再往下掉了。」

「這是怎麼說啦！我可是永遠朝著幸福邁進的！」

「真沒辦法啊。那作為你至高無上的幸福，和我訂婚——」

「幸福這種東西不是靠別人給，是要自己去掌握，所以不用了。」

她用力握住我的雙手，所以我用力揮開。

每次一個不留神，Pansy 轉眼間就會把事情弄得往對她有利的方向發展，實在很恐怖。說真的，到底她為什麼會來幫忙擺攤……

「因為有些……不能放著元木同學不管的理由。」

「啥？妳不能不管小柊？」

「是啊，我不能不管元木同學。」

這是什麼話？也不想想平常她對朋友以外的人都完全沒興趣……

「所以，我會拚命努力的。花灑同學也要一起努力喔。」

「好……好啊……」

Pansy 這種時候的溫柔笑容真的很卑鄙。

因為就是會不容分說地把我的幹勁提升到上限……

「倒是關於剩下的人選，花灑同學……你是打算邀『那些人』吧？」

真不愧是 Pansy，這些都瞞不過她嗎？

「嗯，我是這麼打算。」

「是不是我也去幫忙比較好？雖然要邀到所有人是沒辦法，但總可以把一部分……」

「不，我會去邀，不用擔心。我想請妳去寫昨天 Cosmos 會長給的攤位申請書必要事項。因為要是由我或小柊來寫，多半會有什麼遺漏。」

「知道了。」

這也有著要她順便照顧小柊的意圖就是了。

畢竟如果沒有我或 Pansy 陪著，她大概會一個人躲在廁所啜泣……

「花灑同學，為防萬一，我先給你個忠告，你要小心避免被小椿發現你想邀那些人。如果被她發現，我想八成會發生爭奪戰。」

也對。我想邀的那些人就是這麼有戰力。

「嗯，我知道……那我們差不多該回去啦。」

「好，就這麼做。」

之後我和 Pansy 一起前往校舍，結果從距離體育館後面十步左右的轉角一處草叢裡，發現了躲在後面發抖的小柊。

「花灑～～堇子～～好可怕喔～～有好多人，我不敢進學校～～……」

等人馬召集夠了，下一個課題肯定就是小柊的怕生吧。

擺攤這種會全面出現在人潮前的工作，怎麼想都不覺得現在的她有辦法辦到……

＊

——下課時間。

第一節課上完的同時，最先走出教室的我前往一年級教室樓層。

然後先走進附近一間小小的用具室，接著將事先準備好的一個裝了漢堡排的保鮮盒打開蓋子放好。最後打開用具室的門不關，就這麼離開。

接著，在附近等待。

這是以前小桑教我的方法，不知道是不是真的可以釣到。

「嗅嗅……嗅嗅……有東西好香……錯不了，這是我最喜歡吃的……漢堡排的香味！口水……啊！果然有！唔哼！」

準備完成約十秒鐘後，就有一隻笨蛋開開心心地走進用具室……還真的跑來了耶。

「啊嗯啊嗯啊嗯！嗯～～！好好吃！漢堡排好好吃！」

那麼，魚都乖乖上鉤了，我就關上門吧。

好的，磅的一聲。

「……咦！為……為什麼門會關上！我被關在裡面了！得想辦法逃脫！……唔嘰嘰嘰嘰！打不開！這是為什麼！」

這是因為我在外面牢牢頂住門啊。

「好暗！好可怕！……啊嗯啊嗯！漢堡排，好好吃！」

因為恐懼而顫抖之餘，還不忘吃漢堡排，這就說明了她為什麼是呆子……

「想要我開門，就答應我的要求……」

「這、這個嗓音是如月學長！難道說，你用漢堡排引誘我走進圈套！好、好過分！竟然這樣玩弄純真少女心，太差勁了！唔哼～～！」

到底是哪門子的純真少女心會被絞肉和洋蔥玩弄啦……

雖然她說的倒也沒錯。

「只要妳答應，我就開門喔。」

「請求？我好期待如月學長的請求！我答應！我答應！唔哼哼！」

「喔……是……是嗎？那……」

沒想到她的聲調這麼雀躍，讓我嚇了一跳。

那就開門……啊。

「……咦唷！唔嘎！好……好痛！學長突然開門，害我跌倒了！」

「妳……妳還好嗎！……蒲公英？」

這個猛力衝出門就這麼跌倒的人，就是棒球隊的經理蒲公英，本名蒲田公英。她直挺挺地坐起，淚眼汪汪地揉著有點變紅的鼻子。

「真是的！如月學長，就算直接拜託我會不好意思，也請你不要這樣拐彎抹角好不好！

可是，我這個人非常善良，所以原諒學長！唔哼哼哼！」

雖然理由不是這樣，不過早知道一開始就該乖乖來拜託她吧。

「嗯。蒲公英，對不——」

「那麼，馬上請如月學長說出你的請求吧！有時候聽聽奴隸的請求，也是做主人該有的風度！來，請說！」

Goodbye，我的罪惡感。

「請學長好好地板咚一邊說喔！」

「……我姑且還是問問，什麼叫作地板咚？」

「唔哼哼！學長在說什麼啊！想也知道就是雙手放到地板上，頭往地上咚咚咚地叩響啊～～！啊！如果可以，磕頭時最好還舔舔我的鞋子……唷哇！好……好痛！請問學長為什麼要用折扇打我的頭？唔哼～～！」

我想到會有這種事，所以做好了準備，這樣果然是對的。嗯，舒暢多了。

「這是我順著自己的感情行動的結果。」

「唔～～……總覺得不能接受……」

蒲公英摸著自己的頭，淚眼汪汪地瞪我。

「好啦，有什麼關係嘛。那我差不多可以進入正題，對可愛的蒲公英說出請求了嗎？」

「好的～～！我明白了！」

很乖，很好。

「其實，是在運動會——」

之後，我挑重點把情形告訴了蒲公英。包括小椿和小柊要在運動會擺攤比拚銷售量，以及這攤位只有學生可以參加。

「——就是這麼回事。所以，我要請妳……」

「唔哼哼哼！不用全說出來，我都懂的，如月學長！你是為了招攬很多客人，所以想邀超絕天使蒲公英進你們團隊吧？」

她答對了，但反而讓我火大。這個叫蒲公英的女生是個呆子，但確實是美少女。

而且她對該做的事情都會認真做好，所以……雖然非常不想承認，她的確是個只要在場就相當靠得住的傢伙。

所以我才會來邀蒲公英入夥……但說實話，理由不是只有這樣。

還要加上……

「要找妳也是沒錯，不過……希望妳另外再邀幾個棒球隊的隊員來。」

「要邀棒球隊的大家參加？」

「對。」

這才是我真正的目標。小椿隊雖然是強敵，但並非無敵。

她們還有缺點，那就是……男生太少。

如果只看力氣，像葵花就可以媲美男生，但也只有她一個。

能做的事情總是有極限。

這樣的情形下，我方則拉攏全校頂尖的運動集團——棒球校隊加入。

當然了，我想要的不只是他們的運動能力，也包括他們的明星光環。

畢竟我們學校的棒球隊經過今年夏天後，成了全校頂尖的人氣集團。

說他們現在的人氣明顯凌駕在Cosmos和葵花之上也不為過。

他們在甲子園的大活躍不是蓋的。

甚至有傳聞說三年級的學長當中，就有人會直接成為職業球員。

如果能拉攏這樣的他們進來，雖然還有一些方面不利，但也會有勝過小椿團隊的地方，這才總算可以拚個高下。

另外，在最重要的滋味這一點，根據我的評估，雙方幾乎不相上下。

小柊只有在烤雞串的技術方面有夠格自稱為小椿對手的水準。雖然問題就是在於她有沒有辦法在人前好好烤……

「坦白說，我是覺得有我一個人就夠了，不需要特地加上一些附帶的人耶。」

不要把他們說成附帶的啦。

「有什麼關係嗎？妳也知道，棒球隊裡我差不多只和小桑和芝講過話，所以我當然希望最受歡迎又可愛的經理蒲公英去邀其他隊員參加啦。」

「真～～是的！真拿學長沒辦法～～！既然這樣，我就破例幫學長吧～～！」

嗯，她果然好打發。邀蒲公英的工作順利成功了。

而棒球隊那邊多半也搞得定。

「唔哼！唔哼哼哼！我讓如月學長來拜託我了！好開心！」

我覺得蒲公英乖乖高興的時候很可愛……只有乖乖高興的時候。

「嗯，妳願意這麼說，我也很開心……啊，為免誤會，我話先說在前面，我可不是參加小椿那一隊喔，是參加小柊隊喔。」

「好～～！那麼，雖然有點過意不去，不過這也就是說，這次我要和小椿娘娘為敵了是吧！」

呼……還好她不是說：「那我就不幫忙！」

蒲公英是小椿的手下，但這界線似乎有些模糊。

「那麼我馬上去找棒球隊的大家！只要找到願意參加的人，我就會和如月學長聯絡！」

「好啊，拜託妳了。」

不愧是雖然很呆，但該正經做事的時候就會有所表現的女生，這種時候就是很靠得住。

那麼，這邊就拜託妳啦，蒲公英。

我順利完成了委託蒲公英這件事，回去自己的教室。

小桑那邊，我最好還是也去說……

「嗨，歡迎回來呢，花灑。」

「對啊，我回來了……小椿。」

我是很想自己也去說一聲，但看來最好是不要。

「所以，你之前都跑哪兒去了呢？」

小椿把頭髮撥到耳後，笑咪咪地問起。

被她用一雙圓滾滾的大眼睛直視，讓我想要全都坦白說出來，然而……

「也沒什麼，就是有些不方便說的事……妳也知道。」

如果答出來，肯定會朝落敗接近一步，所以我當然要忍下來。

「這樣啊。有好好去邀其他人加入，也就表示花灑真的站到小柊那一邊了吧？」

我本以為順利瞞過了她，但她實在不是這麼好敷衍過去的對手啊。

只是，應該不至於連我想邀棒球隊這件事都已經被發現。

「我還是先問清楚，花灑，你應該知道『真正的小柊』是什麼樣子吧？」

小椿果然也知道啊。

「是啦……而且，她也沒打算隱瞞吧？」

「嗯。小柊她沒在店裡工作的時候，還有待在我不在場的地方時，都是那樣……她動不動就會想著要依賴別人，自己什麼都不主動去做，是個沒出息的傢伙呢。」

這話實在辛辣啊……

「這樣啊……呃，她在店裡工作的時候是怎麼做？照她那樣子……」

「應該是一直在烤雞串呢。還特地請人在店裡頭準備烤的地方。」

「想來也是這樣啊……雖然我總覺得烤雞串一般應該要在客人面前烤……」

「聽說有一次她被叫到人前烤，結果客人找她說話，事情鬧得很大。」

小椿和她來往這麼久真不是來往假的，很多事情都很清楚。

「就是因為周遭的人每次都寵她，才讓她一點長進都沒有……花灑，希望你也不要太寵她呢。該做的事情，還是要好好讓她自己去做呢。」

「好……好啊……」

總覺得小椿的嚴格只有對小柊會增加五成左右，讓我覺得好可怕。

「所以這次的聖戰，你最好當成我不可能會放水。我會澈底打垮全力來挑戰我的小柊呢。當然了，你的圖謀我也全都會阻止。」

果然沒去找小桑是對的。

要是我去找小桑，我的圖謀應該早就全都被小椿看穿了。

「關於後半，我是想請妳高抬貴手啦……」

既然如此，我就這麼拿自己當誘餌，盡可能吸引小椿的注意，讓蒲公英趁機去邀棒球隊隊員吧。拜託妳啦，蒲公英……

「不行的。因為我最提防的就是你嘛。」

「唔喔！」

不要突然用食指往我胸口重重戳下去好不好！

被小椿這樣弄，我會嚇一跳啦！

「啊，抱歉。我有點太輕率了呢。啊哈哈哈……」

「哪……哪裡！我沒事啦……」

小椿的臉微微泛紅。總覺得氣氛變得有點奇怪……

「……唉。小柊真是個狡猾又棘手的傢伙。」

小椿低著頭，小聲喃喃說出這句話。

這句話的寂寞聲調聽起來像是摻雜著羨慕。

「……小、小椿，妳怎麼了嗎？」

「嗯。我沒事。什麼事都沒有呢。」

然而當她抬起頭，已經變回平常那個能幹的小椿。

剛才她的表情和說出來的話……應該不會是我的錯覺吧。

「所以呢，我也會採取行動，我們就誰也別恨誰，好好拚一場吧，花灑。」

最後小椿俐落地對我送了個秋波，微笑著離開教室。

小椿和小柊之間八成有著一些我不知道的糾葛吧……

＊

——又到了下課時間。

「嗨，花灑！我都聽蒲公英說了！我們彼此加油吧！」

第二堂課結束後的下課時間，跑來我座位找我的是小桑。

「喔喔！小桑也願意參加嗎！」

「那當然！這麼好玩的事情，當然非參加不可啦！」

「Thank you！這幫我很大的忙，謝啦！」

「哈哈，這沒什麼好道謝的啦！」

這個消息真令人開心。沒想到我可以第一個知道棒球隊裡最重要的男人要參戰的消息！

只要有小桑在，就覺得有夠可靠的啊……

這時，我的智慧型手機震動了。拿起來一看，蒲公英傳了訊息來。

『唔哼哼哼！如月學長，好消息！由於蒲公英實在太惹人憐愛，大賀學長、芝學長、穴江學長、樋口學長、屈木學長都說：「包在我身上！」他們都會來幫忙！』

蒲公英這丫頭，手腳有夠快的啦！

小桑之外，再加上四名棒球隊隊員……一共五個人。

從棒球隊的總人數來看是有點少，但參加的陣容很豪華，所以沒問題！

小桑已經不用多說，和我同年級的芝和穴江也都是在甲子園特別活躍的傢伙；至於屈木學長和樋口學長，更是有傳聞說很可能進入職業球隊的三年級學長。

既然他們肯加入……就漸漸看得見了啊！

看得見我那美妙到了極點的王道青春少年小說……唔嘿嘿。

「花灑，你要小心你這表情。畢竟這可是你之後會受到慘痛教訓的套路耶。」

「唔！葵花也跟我說過一樣的話……」

「哈哈！她從小就認識你，真不是認識假的！很了解你嘛！話說回來，我對這點也有自信不輸她就是了！花灑，要是遇到什麼困難，隨時找我商量啊！我會一下子就照亮你，幫你解決！」

小桑，最近……應該說暑假結束後，變得好亢奮啊。

想必是夏季廟會那天說的……不，就別再想下去了。

小桑的問題，只有一路往前撞開障礙前進的小桑能夠解決。

我頂多只是幫助他……而現在不是時候。

現在我該做的……是支援某個很怕生的人。

「有事想找你商量的時候我會找的。小桑也一樣，如果遇到什麼困難，隨時……嗯？」

總覺得坐在旁邊的山茶花——真山亞茶花，頻頻朝我這邊瞥過來……

「嗯嗯～～！啊～～！好忙，好忙啊～～！倒竿大賽也得擬定計畫，其他像是一百公尺賽跑的練習也得努力，真～～的好忙！……可……可是，如果有人堅持，要我去幫忙擺個攤，倒也不是不行啦！雖然我只是自言自語！雖然就只是自言自語啦！」

是嗎？既然是自言自語，就不必答話了吧。雖然有夠大聲的。

「小桑！我去一下廁所！」

「喔！好啊！」

「……啊！為什麼就是不肯邀我啦……」

呃，我絕對不是不想邀妳啊。

說得正確一點，想邀卻不能邀才是真相。如果妳能猜到，就是萬幸了。

至於理由……有機會我會解釋的……

＊

——午休時間。

由於到了休息時間，我在今天也人山人海的圖書室裡吃午餐。

一起吃飯的是Pansy、小椿和小桑。

至於小柊，她固然受不了人多的圖書室，但看來一個人又會覺得寂寞，躲在一個有夠角落，根本不會有人去的地方，看著我們這邊，一口一口吃著烤雞串。

「Pansy 跑去參加小柊那邊啦？好遺憾呢。」

「是啊。因為花灑同學熱烈地邀我，讓我不得不點頭。」

「邀妳的不是我，是小柊好不好。不要擅自編造故事。」

「哎，有什麼關係嘛，花灑！話說回來，冷靜想想，就發現我們以前從來不曾像這樣光明正大地對決，所以我很期待啊！」

「就是啊。從這個角度來看，這次的事情對我們來說也許是個好機會。」

而且如果獲勝，等著我的就是一個對我而言美妙到了極點的節目！

呼嘻嘻嘻……勝利已經近在眼前啦。

「如月學長～～！天使蒲公英來玩了～～！怎麼樣？開心吧？不可能不開心吧？唔哼哼哼哼！」

結果這個時候，一個露出傻呼呼笑容的呆子跑來了。

「喔，歡迎妳來啊，蒲公英。」

換作平常，我會隨口打發她，但今天她做出了很棒的貢獻，所以這是答謝她，我就順著她的調調吧。

「我找來了好多成員！所以，請學長誇獎我！唔哼哼！」

不要用力把頭往我這邊蹭，我會好好誇妳的。

「嗯，了不起了不起，妳幹得好。」

「唔哼哼～～！」

我順著蒲公英本人的希望摸摸她的頭，她就露出非常心滿意足的笑容。

嗯，這種時候的蒲公英實在很可愛啊。

「哈哈！花灑，我話先說在前面，我可是會盡全力的！」

那當然了，My Favorite Friend！就用我們的要好 Ultra Dynamic 友情之力，把對手打得落花流水吧！

「所以，我們光明正大比個高下吧！…………花灑，Pansy！」

怪了？怪了怪了？總覺得小桑的說法好像有點怪？

他應該是跟我站在同一邊，一起去解決小椿她們才對，卻說得像是跟我為敵……

「唔？大賀學長在說什麼啊？如月學長是我們這隊的耶。」

就是啊！我一瞬間還急了，擔心是不是蒲公英其實背叛我，投靠小椿那邊呢！真是的，別嚇我啦～～！要是小椿那邊有了包含小桑在內的棒球隊隊員，那不就是如虎添翼了嗎！

「妳在說～～什麼啊，蒲公英！」

要是演變成那種情形，怎麼想都覺得我們的勝算——

「我們棒球隊包括妳在內，全都參加小椿那一邊吧？我們和花灑不同隊啊！」

真給我如虎添翼了啊啊啊啊！

「蒲公英！這是怎麼回事！」

「唔哼哼！如月學長，請你不要慌！只是大賀學長誤會了而已！為了避免弄錯，我請他們在這張紙寫上了名字！」

「妳說……紙？」

「是的！就是這個啊！唔哼哼！」

蒲公英翻找出一張紙，然後以滿面笑容秀給我看。

……唔。的確，棒球隊隊員的名字都清清楚楚記載在底下。

這表示，真的是小桑誤會……等一下。

為什麼蒲公英會有這要寫攤位詳情與參加者姓名的……擺攤申請表？

這表格，Cosmos 應該只交給小椿和小柊，我們攤位那張我已經交給 Pansy。而且……

「喂，蒲公英，這張紙最上面的部分怎麼折起來了……」

「咦？聽學長這麼一說，還真的是這樣。到底是有什麼……唷哇！」

剛翻開表格折起的部分，蒲公英就發出很白痴的聲音，當場定格。

這也難怪啦。畢竟將蒲公英手上的表格折起的部分翻開來一看……上面寫的是這麼幾個字。

「攤……攤……攤位名稱是……『陽光炸肉串店』！」

名稱根本就不對！才不是這間店！

「唔……唔哼！唔哼哼哼！這可不行！我想起我還有急事要辦！所以，我要先失陪……唔咕！」

我怎麼可能放她跑掉！我馬上就伸手揪住她的衣領！

「請……請放開我，如月學長！我現在正受到猛烈的便意攻擊，非得去拉個非常 Pretty 的便便不可！要是學長不放手，我就要當場大了喔。我會讓一坨不得了的便便當場爆開喔！全美國都會哭喔！」

「我怎麼可能放手！要說藉口也說個像樣點的！」

連男生也不用這種藉口好不好！會讓全美國都哭的便便是怎樣的便便啦！

「喂，蒲公英，我明明說過『我可不是參加小椿那一隊』吧？為何會變成這種情形……就請妳解釋解釋吧。」

「呃，這個……我確實照如月學長的吩咐，去邀棒球隊的大家……之前，第一節課下課時間結束時，小椿娘娘來找我，請我吃了非常非常好吃的炸肉串！滋味真的非常美妙！」

「喔、喔喔……然後呢？」

「之後，小椿娘娘就對我說：『如果要邀人一起擺攤，妳可以請他們把名字寫在這上面。』還好心地拿了一張表格給我！」

「所以妳是說，妳都沒注意折起來的部分，就請大家把名字寫上去了？」

「就……就是這樣！我還以為是小椿娘娘想當棉毛粉，於是準備了表格作為給我的貢品，真沒想到上面寫著這樣的東西！我只顧著吃炸串，完全都沒發現！這手法太巧妙了！小椿娘娘真有一套！」

「根本一點都不巧妙！妳就只是澈底被利用了！把我的漢堡排還給我！」

「都已經吃掉了！很好吃！」

「我沒問妳吃過的感想！」

真沒想到第一節課下課時間即將結束時，小椿走出教室是為了……不，就算是這樣，小椿為什麼知道我想邀棒球隊隊員加入？

「花灑沒找小桑說話的時候，我就知道了呢。這是你的拿手好戲吧？拿自己當誘餌，請別人幫你行動。」

真是的～～！不要毀了我的計畫，還順便坐享其成啦～～～！

本來還想說她跟我的互動有點酸酸甜甜，沒想到酸味強得超乎想像！

這是什麼意思？不只是葵花、Cosmos、翌檜，連我們學校現在最有人氣的明星集團——棒球校隊，也全都跟我為敵了是嗎！

「莫呼喔……」

「喔喔！花灑發出了絕望時讓人聽不懂的聲音啦！」

……完了。怎麼想都覺得勝算全都消失了……

雖說 Pansy 加入我們這一邊，但這實在是太嚴苛的條件了。

唉……看樣子，還是乖乖放棄王道後宮青春少年小說比較好。

雖然很遺憾，但就算了吧。反正就算輸了，我也不吃虧——

「翌檜翌檜！小椿和小柊的這場聖戰，如果小椿贏了，我們就可以對花灑做出任何請求！該要他怎麼樣呢！Cosmos 學姊說要把花灑介紹給爸媽認識！」

「呵呵呵！雖然還沒決定，不過我當然打算要他做一件不得了的事情啦！畢竟是什麼請求都可以啊！什麼都可以！」

聖戰的祕密都穿幫了啊～～！而且，Cosmos 的圖謀也太扯啦！

「啊啊～～！好期待喔～～！竟然可以招待花灑同學來我家！說……說不定，還會就這麼進我房間……好……好害羞！花灑同學，你這樣太猴急了！可……可是，如果你想要……哇！哇哇哇哇！」

我跟不上妳的猴急。

妳一個人在那邊妄想到發瘋什麼啦。

「如月學長！我想吃漢堡排！如果如月學長輸給我，我要再吃漢堡排！還有海底雞美乃滋飯糰！我想吃滿滿真心的海底雞美乃滋！要滿滿的喔，滿滿的！唔哼哼哼！」

閉嘴，呆子。妳是有沒有轉換得這麼快？

「是喔？這次的對決有這樣的規定啊！不過沒關係，我們棒球隊不需要這些！只要讓我們正常參加擺攤就夠了！」

小桑給的慈悲的確令人感恩，但這是杯水車薪。

如果小柊輸給小椿，我就……

「唉……所以我才給你忠告的耶……」

對不起，Pansy 同學。

我也是已經極力隱瞞了，沒想到卻適得其反……

「花灑，堇子！吾的寂寞已經到極限了！吾不要再一個人了！希望你們跟吾一起吃飯！快點！快點快點！」

小柊用力搖動啞口無言的我。

她似乎還沒發現自己已經陷入壓倒性的危機。

……接下來，要怎樣才贏得了？

第三章

我的問題很好懂

放學後，我為了幫忙處理業務而來到圖書室，一邊把讀者還的書放回原來的地方，一邊回顧現狀。

下週六……將會舉辦將各班分為紅組與白組來比得分的一大盛事——運動會。而運動會期間……還會進行小椿與小柊的聖戰。

運動會上，雙方各自推出炸肉串與烤雞串的攤位，賣出比較多的一方就獲勝。

另外，聽說她們正常的聖戰是個人戰，但這次由於是擺攤，也就變成團體戰。

正式對決是在運動會當天，不過實際上是從小椿與小柊各自去找願意幫忙她們攤位的成員開始。

小椿以電光石火般的速度將Cosmos、葵花、翌檜等各個領域的專家都納入陣容；相較之下，小柊就只是在原地擺出一副跩樣，什麼都沒做。

要說在這個時間點就已經決定勝敗應該也不為過吧。

然而……即使是這樣，我還是參加小柊這邊的攤子，和小椿他們對決。

一切都是為了得到「聖戰的勝者可以對敗者下任何命令」這個獎賞，把自己的欲望發洩在美少女們身上……為了打造出美妙的合法後宮！

當然，我也不會怠忽為了達成目的所需做的事前準備。

我要應付的不只是原本就很可怕的小椿，還包括Cosmos、葵花和翌檜。

我想到除非我方也拉攏到足以匹敵的戰力，否則多半沒有勝算，於是設法去拉攏在甲子園拿到亞軍，在運動神經、團隊合作、校內的爆紅魅力等各方面都有著強大力量的西木蔦高中棒球隊隊員……然而，這個計畫被小椿看穿，宣告失敗。

不知不覺間，本來應該要拉攏進來的棒球隊隊員全都參加了小椿團隊，讓我們得應付更強大的對手。

結果，雙方團隊現在各自的陣容是這樣的。

小椿團隊：小椿、Cosmos、葵花、翌檜、小桑……再加上四名棒球隊隊員、便便呆女——一共十名。

小柊團隊：小柊、Pansy、我——一共三名。

要說這戰力差距是多麼壓倒性，真的是已經到了不知道要怎麼贏的狀態。

本來在這個時間點，我會想乖乖放棄一切，轉而把心力放在製造開心的回憶，但現在我變得非贏不可了。

原因很簡單，因為我本以為Cosmos她們並未發現聖戰的獎賞——「聖戰的勝者可以對敗者下任何命令」，沒想到她們早已知道得清清楚楚。

怎麼想都覺得她們不會對我下什麼好的命令。為了阻止她們，唯一的方法就是贏。

雖然我想贏的理由也不是只有這一點。

……其實，是有人拜託我啊。

有個平常就非常照顧我的人拜託我「贏過小椿」。

所以，我說什麼也要贏！

過去我也和有著強大實力的對手對抗過好幾次。

從這些經驗，我非～～常清楚！

清楚要怎麼做，才能贏過比自己更強大的對手！

既然對手很強大，那麼自己就要更努力，變得更強！

……其實不必去做這樣的事情，只要從對手身上奪走力量就可以了！

所以呢，我這個只喜歡正當手段的王道主角，就想讓棒球隊成員投靠到我們這邊……結果澈底失敗。

因為我才剛要有所行動，小椿就追加了一條規則──「參加成員寫到表格裡之後，就禁止變更呢。」

真的是喔，我這話可以說出來嗎？……小椿太可怕了啦！

過去我也有過很多次被逼到走投無路的經驗，但這次特別嚴重，是遙遙領先的第一名。

如果只是計謀被阻止也還罷了，為什麼對手還順便加強了！

有上進心也該有個限度！很強的傢伙不可以變得更強啦！這樣贏不了好不好！

只是，如果說勉強還有什麼希望，就是對方不會再增加成員了。

畢竟我也讓小椿本人說出了：「再增加人數的話，人手也會多出來，所以找成員就到此為止呢。」

雖然就算要到她這句話，也不表示我方成員就會增加。

唉……真的是，該怎麼辦呢……

已經想不到在我們學校還有誰願意加入——

「欸欸，花灑，可以跟你講幾句話嗎？」

我把讀者還的書歸回原位，拿起新的書走向櫃臺時，跑來和我說話的是紅人群的E子同學——更正，是艾莉絲，也就是目崎惠文。

當時她也在我的手背被親案發現場，所以她也知道聖戰這件事。

「怎麼啦，艾莉絲？」

「我說啊，前陣子我們給花灑你們添了很大的麻煩，到運動會結束為止，圖書館的業務我們會做！所以，花灑你們努力去準備擺攤吧！」

前陣子添的麻煩……啊啊，是讓她自己的男友（薄荷）發下豪語說喜歡我，在我心中種下恐懼，想把我和山茶花撮合成男女朋友的那件事吧。

如果是說為這件事致歉，應該已經講好她們來幫忙圖書室業務就夠了……

「可以嗎？」

「那當然！……話說回來，有一半只是在製造名目啦！」

「咦？名目？」

「對！花灑你啊，在找擺攤的成員對吧？」

「是在找沒錯啦……」

總覺得艾莉絲用非常吊人胃口的笑容看著我……

「沒有啦，其實啊～～！雖然我一點都搞不懂為什麼！可是碰巧運氣很好，正好有個女生很想參加擺攤耶～～！真的！雖然我一點也搞不懂為什麼啦！所以，我是想叫你去邀那個女生～～……」

艾莉絲說完，視線就頻頻朝閱覽區瞥過去。

所以，我也跟著把視線頻頻朝閱覽區瞥過去。

結果看到的是……

「堇子的餅乾，好好吃喔！妳好會做點心耶！」

「謝謝妳的稱讚，我很開心。」

小柊大口吃著餅乾，為了許久沒有的同姓朋友誕生而高興得沖昏了頭；而 Pansy 雖然被這樣的小柊黏著，卻一如往常，平淡地不表露情緒。

以及最後一個人……

「對……對了，Pansy 要和這孩子還有花……咳，要和他一起在運動會擺攤對吧……不過！我也沒什麼興趣啦！我根本就不在乎啦！」

也就是非常心浮氣躁地強調自己沒興趣的山茶花。

「看吧？她非常想參加吧？」

「她本人是說『我根本就不在乎啦！』耶。」

「這個你也知道，不就是她的拿手好戲嗎？」

「…………」

……不是啦，如果山茶花願意加入，我也是覺得可靠得不得了。

山茶花做事牢靠，從平常的態度無法想像，她是個一絲不苟的人。

另外她擅長廚藝，而且也有著我、小柊和 Pansy 都沒有的高度溝通能力。也就是說，如果她願意參加擺攤，在結帳／烹調／招呼客人等任何一方面都能有所發揮，是個非常可靠的女生。

然而，可是……山茶花有唯一重大的問題。

問題絕非平常有點侵略性的那一面。

順便說一下，山茶花本身沒有任何過錯。

至於是什麼問題……

「咿！不要突然大聲說話！好可怕！」

「我不會對妳怎樣啦！我只是在聽擺攤的事情吧！」

「妳吼我！妳果然好可怕！」

「妳說什麼～～？」

怎麼想都只覺得她們兩個會處不好……

能幹的山茶花，與站在怠惰極致的小柊。

山茶花的溝通能力之高是大家都稱讚的，但她有種會在無自覺的情形下微微威嚇別人的傾向。而這對小柊而言是最壞的情形。

只是在閱覽區談話就已經弄成這樣。小柊害怕山茶花，躲到 Pansy 背後，所以我覺得讓她們一起擺攤實在相當危險。

「我是覺得她們兩個很不適合合作耶。」

「這種時候，你也知道，就要靠你協調啦！」

艾莉絲，妳說得可真簡單。山茶花很能幹，很靠得住，但她一露出野性一面的瞬間，不就會完全失去控制嗎？

「山茶花可以的！只要是花灑的請求，不管什麼請求她都會聽的！」

「……不管什麼請求都聽也未免太誇張了……」

「我覺得不會喔！呵呵！」

妳說得這麼直接，我會不知道該怎麼回應，所以還請高抬貴手啊。

不過，說得也是……現在已經不是可以挑三揀四的狀況了。

既然得和那麼強大的對手對決，就不能只選安全的路，得選些即使多少危險了點卻能得

到很大報酬的路，否則多半贏不了吧。

既然這樣……就非邀她不可了……吧。

「呃……小柊。」

「啊！是花灑！花灑也在這邊坐下來，我們一起聊天！」

我暗自膽戰心驚地走向閱覽區，小柊的表情就忽然一亮。

「不，我還不到休息時間，就不坐了……不過我想跟妳介紹一個人……」

「是誰啊～～？」

我承接小柊歪頭睜大眼睛的視線，小步走向山茶花身旁。

如果可以，手拍到她肩膀上大概會比較有介紹的樣子，可是一旦這麼做，好一點是受到鐵拳制裁，最壞的情形下會發生粉碎性骨折，所以我沒做。我就只是站到她身邊。

「這位是我的同班同學真山亞茶花……大家叫她山茶花。那個……我想找她幫忙我們的攤位。」

「啥啊啊啊啊！我一句都沒說過我要參加啊！別看我這樣，我可是挺……不是，我是忙到爆炸！不、不過……如果你堅持，我也不是不能幫你啦！……而且我又閒到不行！」

到底是忙到爆炸還是閒到不行，真希望妳可以說清楚。

「不……不用啦！花灑，我們人才很豐富！用不著！」

「我們人才根本不豐富，而且用得著。小柊……照這樣下去，會輸給小椿耶。」

「嗚！」

小柊淚眼汪汪地哭訴，但我一提到小椿的名字，她就立刻停住。

「對方有十個人，我們三個人。照這樣下去會很不妙，這妳也懂吧？」

「這……可是……我好怕……」

真的，最嚴重的問題不是人手不足，是小柊的怕生啊。

不想辦法解決這個問題，真的難保當天不會出什麼意外。

「小柊妳說過吧？說『只要是我相信而找來的人，妳也能夠相信』。」

「……我是說過……」

「我信任山茶花。所以，妳也要信任山茶花。」

「他……他說！他說了信任我！怎……怎麼辦！事……事情不得了了！」

山茶花，妳冷靜。只是妳自己在那邊不得了而已。

「元木同學，我也贊成花灑同學的意見。照這樣下去的話，我們絕對會輸。我不太喜歡輸。」

「……堇子。」

謝啦，Pansy。雖然我不知道妳有什麼圖謀，但妳也不只是參加，而是願意扮演好團隊成員的角色來行動啊。

「所以，我們也得找來可靠的伙伴才行……不用擔心，山茶花不可怕的。」

「可是……」

小柊從 Pansy 背後探出頭來，盯著山茶花看。

或許是發現小柊軟弱的眼神，山茶花露出有些尷尬的表情。

「我……我真的不會對妳怎樣啦……那個……剛才，對不起，我說話大聲了……」

「…………哪……哪裡……我才要說，對不……起……」

山茶花臉頰泛紅，難為情地道歉；而小柊雖然大大發揮她的怕生，連話都說不好，仍然竭盡全力道歉。

是不是姑且算是和平收場了？那麼，事不宜遲……

「呃～山茶花，妳可以來幫忙小柊的……不對，是來幫忙我們的攤位嗎？」

「好……好啊！而且你也太晚邀我啦！我都一直在等……啊！既……既然你這麼堅持，我怎麼會不幫你！這可是特例！我只是這次湊巧有興致，所以才幫你！」

山茶花還是一樣，常常說話說到一半會「啊！」的一聲驚覺不對，但總之她似乎願意參加。

成員總算增加到四個人了……我正為此鬆一口氣——

「呵呵呵！太好了，山茶花！妳就一直很想跟花灑擺攤嘛！」

「啥！我、我才沒有這麼……」

艾莉絲露出滿面笑容現身，對山茶花祝福兼捉弄。

「那麼，花灑和 Pansy 還有山茶花！圖書室的事情就暫時包在我們身上！你們別管這些，去討論擺攤的事吧！……啊！在這裡人太多，大概沒辦法專心討論，還是換個地方……例如說，去花灑家——」

「小柊，我想討論擺攤的事，可以現在去妳店裡嗎？而且我也想吃吃看要在運動會賣的烤雞串。」

「……嘖，被巧妙地閃躲了……」

這是再正當不過的手段。妳為什麼想拿我家來開會？

既然要討論烤雞串的攤子，怎麼想都覺得在烤雞串店開會比較好吧。

至於最關鍵的小柊的許可……

「我的店？……好開心！我希望你們來！我已經好久好久沒有找朋友來了！我要招待堇子、花灑！還有……不可怕的亞茶花！」

輕而易舉就拿到了。她反而還很雀躍。

「為什麼只有對我的稱呼怪怪的啦……」

「可是，花灑同學，這樣好嗎？」

「好嗎？……妳是指什麼啦，Pansy？」

「如果我們就這樣去到元木同學的店，就沒辦法再找成員了。我是覺得我們的人數還不夠耶。」

「我也贊成 Pansy 的意見。既然要經營攤子，至少要有一個人負責烹飪，一個人負責結帳，而且如果可以，最好除了結帳的人，還有另一個人負責交付商品……然後，攤子前面要有一個人負責整理排隊行列和招呼客人……一共四個人。我們人數算是剛好夠，可是我們有時候要在運動會參加各項比賽，只要少了一個人就會很難撐。所以，最好至少能再多兩個人……啊！大……大概是這樣啦！我一點都不清楚，這只是直覺啦！」

好厲害啊，山茶花。妳清楚得簡直像是事先就詳細查過攤販的經營嘛。這是多麼可怕的直覺，實在很有參考價值。

「元木同學，妳看，山茶花很可靠吧？」

「好厲害！不可怕的亞茶花對攤販好清楚！」

「是大概啦，大概！我一點都不清楚！」

山茶花滿臉通紅，但這就別追究了。

更重要的是，Pansy 和山茶花說得沒錯，我們人手不足的問題尚未解決。

我們要在運動會擺攤沒錯，但不是只要擺攤就好。運動會的本分是分成紅組與白組進行運動對抗賽。也就是說，不管是我、Pansy、小柊還是山茶花，都要參加一些項目的比賽。

照現在這情形，只要有任何一個人為了參加比賽而離開，山茶花「根據直覺」推演出來的攤販運作方式本身就會失靈，所以最好至少再找兩個人來。

如果可以，我是很想把紅人群跟著山茶花一起邀入夥，但她們已經幫忙扛起圖書室業務到週六，我不能再帶給她們更多負擔。

所以，就非得去邀別的人物不可……不過坦白說，一直到放學時間，我的邀約都是連戰連敗。

綾小路颯斗他們說：「我們不能和葵花為敵！」有不和與部江田則以川平主播風格說：「唔唔！我們要全～～力！參加運～～動～～會～～！」分別拒絕了我。

坦白說，幾乎已經沒有哪個人是我去邀就會願意參加的。

既然如此，雖然我不太想這麼做……大概還是只能邀「他們」了吧……

「Pansy、山茶花，關於成員人選，我算是有個名單，所以不用擔心。而且我會聯絡好，請他們來小柊的店……小柊，除了我們以外，我還想再找兩三個人來……沒問題嗎？」

「沒問題！只要是花灑找來的人，就可以相信！而且，如果有什麼狀況，我會請不可怕的亞茶花把他們轟走！」

我就知道是這樣。

「為什麼要由我來把人轟走啦！告訴妳，我最討厭暴力了！」

對不起，我聽不太懂妳在說什麼。

「咿！我還是好怕！她又吼我了！不可怕的亞茶花只對花灑好！只給他特別待遇！」

「——妳白！怎……怎麼可能啦！我才沒有只給這傢伙特別待遇！就只是前不久，他幫了我很多忙，又說了很多讓我開心的話，所以我覺得很感謝，有時候也會覺得他挺帥氣的，才會想幫他！這很普通！普、通！」

沒錯，我和山茶花的關係終究是普通朋友。

她本人都這麼說了，所以錯不了。

「兩三個人？花灑同學，你說的該不會是……」

Pansy 果然有一套，從人數猜出了我想邀誰。

「對，妳八成猜中了。這有確實『遵守規則』，所以沒問題吧？而且『他們』絕對不會靠向小椿那邊，應該會加入我們。」

「……是啊。既然不是『四個人』，那麼雖然有點狡猾，但沒有問題。」

硬要給我用這種話中有話的說法……

有什麼辦法？如果可以，我也想光明正大地找齊成員來對抗小椿隊……但是，對手實在太強大了。

既然如此，即使得動用多少有些卑鄙的手段，也必須奮不顧身地贏下來。

雖然總覺得這種走向已經變成正常運作，實在沒出息……

唉……偶爾也希望能像小桑那樣正面解決問題啊。

＊

「這裡就是我的店！」

我們把圖書室交給紅人群，離開學校，來到小柊的家兼店面——「元氣烤雞串店」。

地點是在商店街的一角，距離「陽光炸肉串店」走路大約十五分鐘。

「哦～好漂亮的店啊。還放了大朵的花裝飾，是剛開幕沒多久嗎……啊，寫著二號店，也就表示還有總店？」

「嗯！不可怕的亞茶花說得沒錯，另外有一間總店！總店是爸爸當店長，這邊是哥哥當店長！我是幫忙的！二號店才剛成立，是一間好漂亮的店！」

「好猛的排隊人潮……我們就這麼走進去沒關係嗎？」

Pansy 說得沒錯，店門口已經大排長龍。

店家本身的滋味固然也很重要，但新開幕應該也是一種優勢。

小椿的店也是現在穩定了些，但剛開幕那陣子就忙得不得了。

「不用擔心！只要從那邊的後門進去就好，很近的！」

小柊的態度明顯雀躍，大概是因為很開心能夠像這樣招待朋友吧……可是，我們就這樣進去討論，不要緊嗎？

怎麼想都不覺得這個怕生的傢伙能夠忍耐被人潮擠得水洩不通的店內空間……

「我要請大家吃我烤的烤雞串！真的好好吃好好吃！」

她本人都充滿幹勁，而且既然是她的店，她哥哥應該也在，大概不會發生最壞的情形……

我就這麼相信吧。

在小柊的帶領下，我們從店的後門進去，但並不是前往用餐區，而是被帶到店裡的辦公室。應該是因為要在這麼熱鬧的時候直接帶我們去用餐區，無論是考慮到會給其他客人帶來什麼樣的印象還是小柊的怕生，這都是不可能的。所以，我的懸念終究只是懸念。

附帶一提，在我們走進去的同時，小柊帶朋友來的這件事讓小柊的哥哥太感動，一時間鬧得不可收拾。還說為了答謝我們，各給了我們每個人烤雞串拼盤的免費優惠券。有點賺到的感覺。

之後小柊開心地說：「那我去烤雞串，你們等著吧！」於是我們三個人聽她的吩咐，坐在辦公室的折疊椅上等待。

過了一會兒。

「久等啦！這就是吾烤的烤雞串！」

小柊換上烤雞串店的制服，高高興興地挺起胸膛，端著烤雞串過來。

「為什麼妳突然變得像是另一個人啦！」

山茶花，妳的吐槽很精準。

「咿！突然吼人是不好的！不可怕的亞茶花！」

「啊～～山茶花，小柊她就是這種傢伙……該說她努力的時候，口氣就會有些微的改變嗎……」

「不是些微，是整個不一樣了好嗎！根本已經是另一個人了！」

「沒有這種事！現在與剛才的吾，差別只跟鳥和豬一樣！」

完全不一樣。鳥類和哺乳類差得遠了。

「真是的……不可怕的亞茶花動不動就吼人。這是缺乏鈣質。汝最好像小椿一樣，多喝牛奶。」

小椿那不是為了攝取鈣質……嗯，算了沒關係。

「那麼，吾……要坐在不可怕的亞茶花旁邊！吾烤了好多烤雞串，所以希望大家盡量吃！快點！快點快點！」

「啊～～！不要硬塞過來，我會吃啦，不要這樣！」

我和 Pansy 坐在一起，桌子對面的小柊在山茶花身旁坐下，一直用力把烤雞串往山茶花的嘴邊送。這女的雖然是破天荒的怕生，但對信任的人就更是黏得破天荒啊。加油啊……山茶花。

「真是的……烤雞串能差多少…………不會吧！好好吃！」

「真的很好吃呢。如果是這樣，和小椿的炸肉串比也不遜色。」

「哼哼～～！就是這樣！吾的烤雞串，就算跟小椿的炸肉串比也不會輸！」

山茶花吃了小柊烤的烤雞串，睜圓了眼睛。

Pansy 態度平淡，但仔細一看就發現她嘴角微微上揚。

我也吃了，還是一樣好吃。

小柊的烤雞串咬下去就會有滿滿的肉汁溢出來。醬汁是他們家不外傳的自製醬汁，非常好吃，而且鹽的分量也下得絕妙……她真的是只有烤雞串的本事很了不起啊。

「挺厲害的嘛！我還是第一次吃到這麼好吃的烤雞串！」

「祕訣就是火候的掌控！烤雞串的時候，烤爐上不同位置的溫度也會不一樣，所以要小心調整，用大火避免肉汁流失，但也要小心別烤得太硬！……不可怕的亞茶花，晚點要不要也烤烤看？」

「可以嗎！嗯，我想試試看！」

「太……太棒啦！吾已經好久沒有和朋友一起烤雞串了！」

「哇啊啊！竟然可以學到這麼好吃的烤雞串怎麼烤……咳。等等，不是這樣。在這之前，我們得先討論運動會的事……嗯，好吃！」

大概是被我和 Pansy 看到雀躍的模樣覺得難為情吧，只見山茶花臉頰微微染紅，小口小口地吃著烤雞串。

「也對。其他成員也差不多……喔，有聯絡了……喂～你們現在在哪……啊啊，已經到店門口啦？那我去接你們。」

我講完電話，先掛斷之後，呼吸一口氣。

「小柊，我要帶幾個妳沒見過的人來……妳可別跑掉啊。」

「不……不會啦！吾會好好躲在不可怕的亞茶花後面！」

「喂！為什麼抓著我不放！放開我啦！」

「不要！如果遇到什麼事，吾要請不可怕的亞茶花救吾！」

「啊啊啊啊啊！說真的，妳到底是怎樣啦！」

那麼，這裡就交給山茶花和 Pansy，我去接他們吧。

可惡。結果來的只有兩個人，第三個人沒來嗎……遺憾。

「果然是你們啊？」

「咦！不會吧！妳……妳是！」

看到我帶來的兩個人，Pansy 表示不出所料。

相對地，山茶花則露出頗為驚訝的表情。

我也不是不明白她吃驚的理由啦。畢竟我帶來的人是……

「呀呵～～！一陣子沒見啦！花灑仔，堇子仔、山茶花仔！」

「好久不見啦，花灑、三色院。還有……兩個埴……咳。我是說，兩個第一次見面的女生。」

唐菖蒲高中學生會會長——Cherry，本名櫻原桃，以及唐菖蒲高中棒球校隊——埴輪眼球的小風，本名特正北風。

「喂，你喔！為什麼找外校的學生來啦！畢竟……」

「這沒問題吧？參加擺攤的資格限制，就只有『是學生』這一條耶。本來就沒指定是哪間學校的學生，所以就算有唐菖蒲高中的學生在，也沒有任何問題。」

沒錯，這就是我為了找齊成員所採取的最終手段。

既然在西木蔦高中找不到，那就從唐菖蒲高中找成員。

而且小風是型男又超級正經，而 Cherry 雖然感情用事時會有很多失言，但個性開朗，很能帶動全隊氣氛。他們兩人在戰力上也肯定會非常可靠。

如果可以，我是很想把第三個人——個子雖小卻身材火辣的月見，本名草見月，也找來幫忙，但很遺憾地失敗了。她說「我想待在水管身邊」，也就是以 Pansy 所說的「第四人」不在為由拒絕了。

……咦？各位要問我為什麼不找我的高階相容版，那個終極開外掛男「水管」葉月保雄？……不，我怎麼可能叫他。我就討厭他啊。

不管被逼到如何走投無路，我都不想單方面欠他人情。

而且他因為約定，不能接近 Pansy 和 Pansy 的朋友，也不能交談，所以根本上就不可能參加。真的，活該。

「花灑同學，你散發出濃烈的小鼻子小眼睛的味道喔。」

「才沒有！我跟平常一樣！」

「也對。你確實從平常就充滿了小鼻子小眼睛的味道，呵呵！」

有夠火大～ Pansy 這傢伙給我笑咪咪地取笑我……

為什麼妳會突然心情這麼好啦。

「啊哈哈哈！真的，花灑仔和菫子仔，不管什麼時候都是老樣子啊！……那我也要坐下了，失禮了～～！」

Cherry 當自己家似的，坐到山茶花身旁的折疊椅上。

這讓我想起以前她來到「陽光炸肉串店」的辦公室時的模樣。

「那麼，我也失禮了。」

接著小風在我身旁就座。

「那就來自我介紹吧！我是在唐菖蒲高中當學生會會長的櫻原桃！叫我 Cherry ！這次我是來幫大家擺攤的！」

「多謝了，Cherry 學姊。」

「沒關係的～～！擺攤聽起來就有夠好玩的，而且之前我就答應花灑仔『下次我會好好

答謝你』嘛！所以我就是來還這個人情的！啊，那邊的學生會不用擔心！我有好好把所有工作都塞給……我是說交給莉莉絲仔了！」

硬塞的是吧。加油啊，莉莉絲，可別又女扮男裝來攻擊人了。

「唐菖蒲高中棒球隊的特正北風。請多指教。」

「小風也來了，謝啦。」

「別放在心上。畢竟除了練習賽以外，實在沒多少機會來西木蔦高中啊。最近我都沒什麼機會見到她……唔！我從以前就一直想全力試試看擺攤。」

「是……是嗎？我想我在電話裡是說過，我們和我們學校棒球隊是對手……」

「沒什麼，只要能看到她的臉就夠……唔！這樣正好，可以來場地區大賽的復仇戰。」

小風，你瘋狂在「唔！」耶。

為什麼這麼帥的型男會對那麼呆的呆女……這個世界上還真是有許許多多不可思議的事情。

「……總覺得跟你會很合得來。我是真山亞茶花……他們叫我山茶花！請多指教！呃～～……叫你小風可以吧？」

「嗯，這樣就行。雖然不知道理由，我也覺得跟妳格外合得來。」

嗯，就是啊，我也覺得山茶花和小風會超級合得來。

你們之間就是有一種超越戀愛或友情的東西。

好了，Cherry 和小風的自我介紹也完畢了，但有一個人還沒自我介紹。至於說，這個人是誰……

「小柊，妳也趕快自我介紹啦。」

「吾……吾也要～～？可……可是，是不認識的人！吾好怕！好可怕！」

這人不是別人，正是緊緊黏在山茶花背後發抖的小柊。

「妳給我差不多一點！如果妳一直這樣，可以開始的事情都開始不了吧！來！趕快自我介紹！」

「咿！知……知道了啦！不可怕的亞茶花果然缺乏鈣質…………吾……吾是……元木……智冬……啦……」

在山茶花的催促，不，應該說是在喝叱下，小柊無精打采地自我介紹。

至少沒跑掉，就別追究了吧。

「嗚嗚！好可怕……可是，吾好好做過自我介紹了！不可怕的亞茶花，吾努力過了！汝要誇獎吾！」

「好啦。好棒好棒。」

「哼哼～～多誇吾幾句～～」

還好我沒自己認定她們合不來。

我真的很慶幸山茶花加入……

「啊～……啊哈哈哈，這孩子真奇怪呢……花灑仔。」

「這方面的情形，晚點我再跟你們解釋……」

Cherry，妳不要笑得那麼僵。

好歹這女的就是我們的主武裝啊……

不管怎麼說，雖然出了很多狀況，這樣一來，我們——小柊隊，成員終於也湊足了。

小柊、我、Pansy、山茶花、小風、Cherry。人數與戰力兩方面都落於下風這點是沒變，但我們也只能想辦法靠這六個人的陣容去打贏小椿他們。

「……啊，對了，Pansy，關於申請表格，麻煩還是把 Cherry 學姊和小風的名字也寫上去。畢竟如果被說名字沒寫上的成員不能參加，那也是傷腦筋。」

「好，我知道了。我會好好把全隊成員的名字都寫上去，由我負起責任提交給 Cosmos 學姊，你放心吧。」

雖然不知道她為什麼要交代得這麼清楚明白，不過也沒關係啦。

比起這種事，更該想的是要如何靠這樣的陣容贏過對方！

不然，我就會被命令不得了的事情……啊啊，光想都覺得可怕！

我們六個人在辦公室裡圍著一張桌子，開起了第一屆烤雞串攤會議。

雖然地點和成員不同，還是讓我想起以前我參加的學生會那種氣氛。

當時有 Cosmos 以學生會長的身分主持，但現在她不在，所以——

「那麼，我們先決定工作怎麼分配吧！」

就靠另一位學生會長的力量吧。

別看她這樣，她在唐菖蒲高中當學生會長不是當假的。

到了開會的時候，即使處在客場，她也會幫忙主持，實在是幫了我們很大的忙。

「我不曾擺攤，所以不清楚，不知道有什麼樣的工作分配。」

「「Cherry 學姊，我這邊有資料……」」

結果這兩個異口同聲說話，從書包裡拿出幾張紙的，是山茶花和小風。

「哇啊！你們兩個都準備得好周到喔！嘻嘻！你們這麼充滿幹勁啊？」

「只是湊巧！我只是湊巧運氣好，找到了資料，然後就帶過來而已！」

「我也只是湊巧運氣好找到資料，就帶過來而已。」

我很清楚的。你們只是湊巧運氣好看到資料是吧？

我沒有誤會。你們都只是順便帶來的吧？

「ＯＫ！那我就一邊看你們兩個的資料……嗯！工作大致上分成三種！烹調、結帳、招呼客人是吧！呃～～可是結帳最好有兩個人，一個收錢找錢，一個交付商品，這樣分工合作會比較好吧！考慮到最壞的情形下一個人撐得住……看來最好隨時維持攤位至少有三個人吧！所以呢，有誰想負責什麼的請說！」

「櫻原學姊，那我來負責結帳。因為和圖書室的櫃臺工作……是不太一樣，但我想還是有共通的地方。」

也對，Pansy 還是擔任這個職位最好。

畢竟她在圖書室櫃臺處理大批湧來的學生，手法也不是普通的俐落。

「還有，為了因應突發狀況，我想最好每個人都能擔任兩種職位。結帳和招呼客人，臨時上陣大概也還勉強應付得來，但要烤雞串，應該就需要事先練習了吧。」

總覺得這次的 Pansy……會不會太猛？

她執著勝利的程度，好像幾乎和暑假那次瞞著我進行對決的時候差不多。

「嗯！我也贊成！所以，除了小柊仔以外，最好還有兩個人能烤雞串吧！然後這兩個人就請小柊仔來教！……然後，至於要由哪兩個人……」

「啊！我想烤，而且小柊也答應過要教我！」

「了解！那第一個人就決定是山茶花仔，第二個……烤雞串要用到火，會有危險，而且又需要細心處理，所以……嗯！沒辦法！這種時候就由我——」

「就拜託小風吧。」

「花灑仔，你這是怎樣啦！」

Cherry 仔，不就是這樣嗎？

妳啊，一心急就會出各種紕漏吧？所以還是隨時都冷靜沉著的小風好。

「我嗎……我明白了，那我會全力以赴。」

「那我們就一起跟小柊討教吧，小風！」

「嗯，包在我身上，山茶花。」

你們兩個，感情可真好啊。

西木蔦的學生裡，除了蒲公英以外，妳可是第一個用綽號叫小風的女生啊。

這就是傲嬌共感效應嗎……

「嗚嗚～～！總覺得不服氣……那我就來幫忙需要精細計算的結帳──」

「Cherry 學姊，我來負責交付商品，還有幫忙 Pansy 結帳。」

「花灑仔，你這是怎樣啦！」

Cherry 仔，不就是這樣嗎？

妳啊，上次去採買的時候也曾不小心漏買了一些東西吧？

收受款項時搞出這種不小心是非常危險的。我就是為了阻止這種情形發生啊。

「我在我們當中明明最年長……」

而且，我覺得妳最適合的工作是招呼客人啊。

妳也知道大聲招攬客人這種事，妳不就很拿手嗎？

「這樣的話，我和花灑主要負責結帳，應需要招呼客人；櫻原學姊隨時負責招呼客人；元木同學隨時負責烹調；特正同學和山茶花就臨機應變，各自去幫忙需要人手的工作？」

「應該吧。不過問題在於……」

我說話的同時，視線轉到某個人物身上。結果其他成員似乎也察覺到了我的意圖，所有人的視線都集中在這個人物身上。

「啊啊～～！什麼都不用做，事情就很快地一件件談好～～！好厲害喔～～！」

她可真不知道有多悠哉，還給我有夠高興地吃著烤雞串……

明明是她提起的對決，卻這麼全靠別人，說來也是很厲害。

「欸，元木同學，當天我們是想請妳負責烤雞串，妳沒問題嗎？」

「那當然！吾會好好烤！」

這句話是多麼令人無法信任……

「順便問一下，當天也可能有很多人來，這點也不成問題嗎？」

「沒問題！吾對逃跑的腳程很有自信！」

好奇怪耶。本來想減少懸念，結果怎麼懸念反而增加了？

「她病得很重吧……」

「看來實在很難啊。」

順便說一下，Pansy 和山茶花是不用說，Cherry 和小風也知道小柊怕生這件事。我在開會前就已經說明過。

起初 Cherry 還很樂觀地說：「這點問題沒什麼大不了的吧！」現在卻露出這種嚇到的表

情。我判斷不出該高興她終於明白事態有多嚴重，還是應該絕望。

「我……我說啊……小柊仔，妳不能躲客人，得好好歡迎……」

「咿！不可以跟吾說話！跟花灑說！」

「哎呀～～這可傷腦筋了……」

小柊一看 Cherry 找她說話，立刻以敏捷的動作躲到辦公室的角落。她跟山茶花已經變得很要好，我還以為 Cherry 也不要緊，看來我的預估太天真了。

「……嗯，花灑啊，看這樣子，還是先找個地方來一場練習賽比較好吧？」

「練習賽？小風，這話怎麼說？」

「沒什麼，就和棒球一樣。我們也不是劈頭就打正式比賽，在這之前會安插練習賽。這有很多目的……其中尤其重要的，就是透過做實際比賽中要做的事，讓球員在正式比賽也能發揮全部實力。所以，我提議讓這女的……我是說讓元木不要馬上進入正式比賽，先讓她有機會在別的地方營運攤子，看你覺得怎麼樣。」

原來如此。說穿了就是要彩排吧。

是個好主意。小柊是不用說，我們五個人當中也沒有人有擺攤的經驗。

嚴格說來，我以前幫忙兜售過，但那終究只是兜售，完全沒碰攤販的業務。

既然如此，先找個地方擺攤販賣應該是不錯的。

「我也贊成特正同學的意見。還有，照這樣下去，即使元木同學的問題解決，應該還是很難勝過小椿他們。所以，得想些手段才行……」

就是說啊～～Pansy 說得沒錯，光是解決小柊怕生的問題還無法贏過小椿他們。

小椿他們和我們之間絕對的差距——就在於集客力。

會來運動會的客人幾乎都是學生和他們的家屬。

既然如此，校內的人氣明星愈多，也就必然能夠招攬到愈多客人光顧。

然而可悲的是就「人氣明星」而言，我們當中勉強能和小椿他們對抗的，就只有山茶花，其他成員完全不是對手。

至於 Cherry 和小風……根本就是外校學生。

「元木同學，我們希望能在正式對決前先找個地方擺攤試試看，這有可能嗎？」

「吾會去問問看哥哥！以前我們經常一起擺攤，一定擺得了！吾每次都是躲在攤子後面烤雞串！」

在外頭烤啦。讓客人看到烤的過程，這樣的呈現方式對這門生意也是很重要的啊。

要是正式對決時她也躲在後面烤，是該怎麼辦啦……

「既然這樣，在這之後，花灑同學、我和櫻原學姊負責去想如何能夠招攬到比小椿的店更多的客人，如何提高銷量；山茶花和特正就請元木同學教你們烤雞串……元木同學，這樣可以嗎？」

「沒有問題！吾會教不可怕的亞茶花和安靜的特正同學！」

看來就小柊而言，Cherry 雖然出局，但小風是安全上壘。

雖然我也隱約知道理由啦，小風那種無害的感覺真是有夠強的。

「我根本沒對她怎樣……」

虧 Cherry 特地來幫忙，所處的定位卻莫名令人遺憾。

*

之後由於時候不早了，第一次會議宣告結束。

剩下的事情則留待明天再討論。

太陽也已經下山，回家路上有點冷……

「眼前的問題還是元木同學吧。如果她的實力無法充分發揮，就絕對贏不了小椿。」

Pansy 走在我身旁，淡淡地這麼說。

後來山茶花和小風請小柊教他們烤雞串，但看來還是有很高的技術成分，沒能烤出像樣的商品。

如果繼續練習，想來應該可以烤出像樣的烤雞串，但即使如此，要達到小柊的境界，多半還是很難吧。

所以，我們是打算只有萬不得已的時候才讓他們兩人去烤，基本上都是讓小柊來烤……

只是……

『萬恥難辭！』

她丟出這句莫名其妙的造語，淚眼汪汪地抗拒。

透過山茶花的訓話……咳，是說服，彩排時決定由小柊來烤雞串，但真不知道她能不能烤到最後……實在讓人不放心。

而且其他問題也堆積如山。我、Pansy和Cherry擬訂了招攬客人的計畫，但想到的也就只有發傳單和出聲攬客。只憑這麼點方法，贏不了小椿他們。

畢竟對方有非常擅長製作傳單的翌檜，而在出聲攬客這方面，又有葵花和棒球隊隊員。也就是說，對方在這兩種方法都是壓倒性地比我方優秀。

我真是對上了一群不得了的對手啊……

「欸，花灑同學，可以問你一個問題嗎？」

「什麼問題啦？」

「你為什麼會幫忙元木同學？看著你的模樣，我實在不覺得你是只為了自己的欲望而行動耶。」

嘖，她還是一樣那麼敏銳。

「……我是想還人情……不，是想報答恩情。」

「恩情？」

「對。因為有個人照顧我很多，這次的事情是對這個人報恩的大好機會……所以，我要幫忙小柊。」

「這樣啊。」

我希望能想辦法治好小柊怕生的毛病。

這就是我這次最大的目的。即使無法全部治好，如果透過這次的彩排能夠多少有些改善，那就太好了……

「倒是妳，為什麼這麼有幹勁？換作平常，妳不可能會這樣吧？妳竟然會這麼盡心盡力參加……」

「哎呀，是嗎？」

「就是這樣啊。」

她說話格外雀躍，這點也很怪。

從今天的討論……應該說從決定參加小柊隊擺攤之後，她就一直是這樣。儘管處在壓倒性的不利狀況，Pansy 仍然顯得很開心。

「我從以前就很嚮往這樣。嚮往和一群朋友聚集在一起，合力去做一件事。」

「妳會這樣？」

「…………是啊，我會。」

剛剛那個莫名的停頓是怎樣啦？

「既然這樣，為什麼妳不一開始就加入小椿隊？對方也——」

「你連這麼簡單的事情都不懂嗎？」

「……不好意思喔。」

「花灑同學，你該說的不是這個。」

「…………擺攤，我們一起加油吧。」

「好的，我很樂意。」

Pansy 只有嘴角上揚，淡淡地看著我。

這女的真的是，每次都這樣坦白說出自己的心意，所以很棘手。

「漸漸有點冷了呢。」

一陣風吹過，同時 Pansy 說出像在撒嬌的話。

到底為什麼這女的每次都要用不好懂的方式來說。

「那麼，採取對策總可以？」

所以我也忍不住用半吊子的說法回應。

只是就算我這麼做，大概還是會被 Pansy 看穿啦。

「可以嗎？」

「我正好也覺得冷。」

「我們挺合得來嘛。」

Pansy 的說話聲平靜而鎮定，聽起來莫名舒暢。同時我們也採取了抗寒對策。

手上感覺到的微熱沿著手臂，轉眼間就傳遞到臉上，而且傳到時已經達到高熱，所以我不免覺得做得有點過火，不過應該沒關係吧。

「花灑同學也愈來愈懂我了呢。」

「跟妳比是根本沒得比就是了。」

「那今後你也願意繼續精進嗎？」

「不用精進也會自己進步啦。」

「呵呵呵……對呀，你說得對。」

我一邊這麼說笑一邊送 Pansy 去車站。

第四章

我的預估總是太天真

我們踩在勉強不算犯規的界線上，總算湊齊成員的隔天。

我們要一鼓作氣構思計畫來贏過小椿他們！

——是這樣當然好……

「如月同學！客人的單，麻煩你！」

「知道了！金本哥！」

我今天要打工。目前所在地其實是「陽光炸肉串店」。

「原來如此！因為要在運動會和小柊擺攤比賽，最近小椿才會比平常更賣力啊～～！」

當店內的工作漸漸不那麼忙碌，這個聽我說明完情形後一臉恍然的，就是從以前就在小椿店裡工作的打工族金本哥。

「不過還真嚇了我一跳啊！真沒想到如月老弟竟然和小柊認識！」

不愧是跟小椿來往多年的工作伙伴，對小柊的情形似乎也知道得清清楚楚。

「是在今年地區大賽的決賽上有機會遇到，就聊了幾句……」

「這樣啊這樣啊！阿元……啊啊，我是說小柊的哥哥！他一定很高興吧？會歡呼小柊交到朋友了！」

「是還挺高興的啦……」

比起我去的時候，Pansy 和山茶花去到店裡時，他可高興得厲害了。

雖然多半是因為她交到的不是異性朋友，而是同性朋友就是了。

「順便問一下，如月老弟你要幫的不是小椿，是小柊對吧？」

「是。因為小柊她還完全交不到什麼朋友，很辛苦……」

坦白說，我另有理由，但這就得保密……

「嗯嗯！我也覺得這樣比較好！……而且啊，既然是這樣，我也來拜託如月老弟一件事吧！」

「咦？金本哥拜託我？」

會是什麼請求呢？金本哥平常就那麼照顧我，如果可以，我是很想答應，但如果是太強人所難的要求，我就會很難為。

「沒錯！我說啊，關於這次小柊和小椿的對決，你要想辦法讓小柊得勝！我當然也會幫忙！」

嗯……這要求當中還摻進了令人感謝的提議，我當然是很歡迎，可是……

「為什麼金本哥要這麼……？」

照常理來說，你應該要支持小椿才對吧？畢竟你也在這裡工作這麼久了。

「哎呀，這種小事不重要啦！別在意別在意！」

「……我明白了。雖然我也只能承諾在能力範圍內，我會努力。」

眼前多了一個不能輸的理由。

「你這麼說就幫了我大忙啊！謝啦，如月老弟！」

「哪裡，平常金本哥這麼照顧我。」

「那就是我賺到啦！……呃，差不多該回去工作啦！今天前場還挺有空閒的，可以請你幫忙廚房洗碗嗎？順便當作偵察！」

「好的，包在我身上。」

金本哥好意，我也就恭敬不如從命，前往廚房。

結果看到的是……

「啊！是花灑！花灑花灑，吃吃看我炸的炸串！」

葵花滿面笑容，踩著惹人憐愛的腳步跑過來，朝我遞出炸串。

這就是金本哥所說的「偵察」。要說小椿隊會在哪裡開會，除了「陽光炸肉串店」以外不做他想。

然後，葵花也就用了一部分廚房空間在練習炸肉串。

「我在打工耶……」

「不用擔心！因為我很努力了！」

完全聽不懂是哪裡不用擔心。

不就只是葵花希望我吃而已嗎？

「花灑，今天也不是那麼忙，你吃沒關係呢。」

既然小椿都批准了，就乖乖聽話吧。

那麼事不宜遲……開始試吃。

「嗯，好吃。」

令人意外的是，葵花其實挺能下廚。

「我也這麼覺得呢。照這水準，已經可以在攤位上賣了呢。」

「太棒啦！那多吃點！我會炸很多的！」

我知道妳很高興，但是不要在廚房蹦蹦跳跳。

然而，葵花竟然是負責烹調啊……我沒料到他們會這樣分派工作。

我還以為小椿隊當中負責炸肉串的會是擅長廚藝的 Cosmos，但 Cosmos 被看重的似乎不是烹飪的實力，而是管理能力，所以是要和棒球隊隊長屈木學長一起負責結帳工作。

因此，現在她在辦公室裡主持會議，指揮其他成員，擬定策略。

另外，關於負責烹飪的人，除了小椿與葵花之外，還有一個人……

「該死！這樣的炸肉串不行！和小椿比都沒得比！」

我的好朋友小桑其實也被分配到了這個工作。

總覺得他有夠掙扎的……要不要緊啊？

「小桑的炸肉串也夠好吃了呢。」

「……不，我一吃就知道，我的炸肉串有點硬。我想多半是炸太熟了……得像小椿的炸肉串那樣更多汁才行……」

「可是，你都有照我說的時間炸……小桑，你該不會……」

「對，就是這個『該不會』。」

我說啊，小桑，你笑得這麼剽悍是怎樣？

「能夠看出因材料不同而會有微妙差異的濃縮了極致美味的那一瞬間，這樣的能力（力量）——『油的祝福（建御名方神）』。我打算練出這個力量。」

這必殺技是怎樣？我在現實生活中還是第一次碰到把「能力」唸成「力量」的人耶。

「我花了五年才練出那個呢。」

「五年嗎……好啊，我偏要練出來！」

「呵！小桑，你將來可以成為一個好的炸串者呢。」

小桑，你冷靜。

你是棒球選手，絕對不是炸串者。

不要那樣紮紮實實地被一步步納入小椿世界。

「花灑花灑！接下來想吃什麼？我會炸很多的～～！」

「不，吃太多會影響到工作，我差不多就這樣吧。」

「哼～～！花灑小氣鬼！」

誰管妳呢。

可是，小椿隊一切都很順利。

……小柊他們到底要不要緊啊？

我想他們現在應該在「元氣烤雞串店」集合，開會討論或是練習烤雞串……但實在不放心……

「對了，花灑，我有件事要拜託你呢。」

「拜託？什麼事啊，小椿？」

「今天不太忙，可以請你早點下班嗎？大概六點左右。」

小椿說得沒錯，今天因為「某個情形」，導致我們比平常空閒得多。

所以，讓工讀生早點下班是很合理，可是……

「……可以嗎？離本來的下班時間還很久……」

「是我拜託你的呢。畢竟我也想堂堂正正，全力戰鬥。」

小椿笑咪咪地朝我送了個秋波。這……不是因為游刃有餘啊。

八成就是字面上的意思。

「知道了。既然這樣，我就恭敬不如從命了。」

「嗯，萬事拜託你了呢。」

「好，包在我身上。那麼，等洗完餐具，我就趁現在把打掃也做一做。」

之後，我工作到下午六點，今天的打工就宣告結束。

如果連日都像今天這樣客人很少，就會讓人擔心店能不能做下去，但小椿說「過個兩週就會恢復原狀」，所以就相信她說的吧。

那我就回辦公室收拾東西，前往「元氣烤雞串店」……

「嗯！這設計很棒啊，翌檜同學！用這樣的傳單，肯定能吸引客人的注意力！」

「沒錯吧沒錯吧？這可是我的精心傑作！」

噢，對喔，Cosmos他們正在辦公室開會啊。

他們看著翌檜設計出來要在運動會發的傳單，笑得十分開心呢。

我們隊該怎麼辦？什麼都還沒定案……

「不過，真的好棒耶。照這樣看來，也許我還是跟山田商量商量，下次的校慶……繚亂祭的傳單也請翌檜同學……不，是拜託校刊社的各位幫忙比較好呢。」

順便說一下，山田是學生會的會計。

不怎麼重要，所以簡單介紹一下就好。

山田同學，路人，完畢。

「咦？這不是花灑嗎！請你看一下這傳單！這是我做的！怎麼樣？厲害吧！」

葵花也好，翌檜也罷，何必都要我看做得好不好呢？

「呃～～……噢，我覺得很棒。」

詳細刊登了菜單和價格，卻又統整得很有條理，清楚好懂。

全面主打的炸肉串照片也看起來有夠好吃……真希望我們的份也能請她設計。

「太棒啦！花灑掛保證了！」

「我說的話，也許別太相信比較好喔。」

「沒有問題，因為我很開心！」

翌檜甩著馬尾，開心蹦跳。

她這模樣很惹人憐愛，但一想到我們正被一步步逼得走投無路，就一陣毛骨悚然。

再待下去大概會很憂鬱，還是趕快撤退比較好。

「那我差不多要走了……」

「啊！花灑同學！我也有幾句話要跟你說……」

別說了，Cosmos。聽到葵花和翌檜的成果，我精神上已經受到重創。

要是再加上妳的成果，我的精神會輕易崩潰。

「不，其他人在等我……」

「這……這樣啊……我知道了。那個……花灑同學也要加油……喔。」

「……我會的。謝謝學姊。」

不要發出那麼寂寞的聲音，還無自覺地用力拉住我的頭髮。

我並不是在做什麼壞事……但就是有罪惡感。

還是跟她聊個幾句——

「唉……我本來好想問清楚花灑同學的行程，看什麼時候可以到我家來跟我爸媽打個招呼耶～～」

趕快全力逃走啊啊啊啊啊！妳為什麼已經當作自己贏了！

告訴妳，我說什麼也不會輸！

*

離開店裡，在商店街走了十五分鐘，就漸漸看見人潮。

是「元氣烤雞串店」的排隊人潮。

說來也許令人意外，但這就是小柊烤雞串的實力。

當然了，剛開店也是吸引人的原因之一，但如果滋味不好就吸引不住客人。

已經看得出有些人是再度來光顧的，真是不簡單。

順便說一下，這就是「陽光炸肉串店」會比平常空閒的「某個情形」。

同一條商店街開了一家新的烤雞串店。客人就是被這家店搶走了。

本來應該要更慌張點，但小椿極為冷靜地說「總店那次也有過一樣的情形」，從過去的經驗判斷沒問題。說是客人暫時會減少，但最終來說會恢復原狀。

我滿心盼望不只是兩家店之間，雙方的女兒之間也能如此勢均力敵，但這能不能做到，就看我們今後的表現了。

所以呢，我不從大排長龍的店門前，而是從後門進去。

一路前往辦公室一看……

「對喔！考慮到客人多的時候，只要先在地上貼膠帶，就比較容易整理排隊情形了吧！堇子仔，好主意！」

「是。還有找錢也是一樣，不要看客人拿出多少錢再來算，而是事先準備好很多份要找的錢，應該就能提升顧客流動率，櫻原學姊。」

穿著西木蔦高中制服的Pansy，和莫名穿著體育服的Cherry，這對相當稀奇的搭檔正在針對策略討論。

這兩個人以前有過一些爭執，但彼此應該都已經不放在心上了吧。

心情切換這麼快，也是女生厲害的地方啊。

換作男生，一旦吵過架就會尷尬挺久的……

「那明天彩排的時候，我們就實際試試看吧！啊，可是，擅自貼膠帶會不會被罵啊？」

不過，真不愧是坐擁水管的唐菖蒲高中，對王道愛情喜劇真拿手。

我萬萬沒想到他們的體育服會是三角運動褲。Cherry，妳正一步步走向性感名額啊。

「這部分就找小柊的哥哥問問看吧。也許除了膠帶，也有我們不知道的禁止事項。」

「就是說啊～～！那麼，接著是……啊！花灑仔！你比我們預料的更早來呢！」

「哎呀，花灑同學，打工已經結束了嗎？」

「嗯。今天店裡比較閒，小椿就讓我早點下班……其他人呢？」

「久等了！」

正好就在我問起的這個時間點，傳來小柊充滿活力的喊聲。

她意氣風發地來到辦公室，背後還跟著山茶花和小風。

「那……那個，我試著烤了一些，如果不好吃，我先說聲對不起……」

「……我還差得遠啊……」

山茶花有些客氣，而小風臉上一陣愁雲慘霧，多半是和小柊端來的大盤子上所放的烤雞串有關吧。

「這邊是山茶花烤的，這邊是小風烤的！Pansy，Cherry！」

咦？小柊對大家的稱呼改了耶。

想來是在我不在場的時候變要好了，這個進步讓我有點意想不到。

「是喔～～！看起來都很好吃吧！」

「Pansy！吾有好好教他們兩個！」

「是啊，妳好棒呢，小柊。」

「哼哼～～！多誇吾幾句～～！」

……太好啦，小柊。

這次不是會錯意，Pansy 是真正把妳當朋友看待了。

畢竟她不是用姓氏叫妳，是用綽號叫妳啊。

雖然看在旁人眼裡就像是收了一隻新寵物……不過就別在乎了吧。

那麼，我也坐下來參加烤雞串的試吃吧。

呃～～Pansy 身邊……已經坐著 Cherry 和小柊，就坐在她們對面的山茶花和小風中間吧。得小心別受到傲嬌攻擊。

「呀！等等，你坐哪裡啦！」

「呃，就只有這裡空著啊……」

「你……你小心點！這裡很窄，手臂會碰到！」

「不好意思啦……我會乖乖離遠點……」

「我又沒叫你離遠點！沒……沒關係啦！我會忍耐！這是破例！」

呃，妳太近了啦。不用特地湊近都已經夠近了，何必這樣？

「嘻嘻……太棒啦！」

我說啊，山茶花，妳的外表正中我的好球帶正中央，還飄散出很高雅的洗髮精香味，又笑得那麼開心……這樣我會很不妙啊。

「我太無力了……」

山茶花心情大好，小風卻極為消沉，形成鮮明的對比。

他烤雞串就這麼不順利嗎？

我對小風的印象倒是覺得他會好好把被交辦的事情做好啊……還是先吃吃看再說吧……

好的，一口咬下去。

「嗯！很好吃吧！」

「是啊。無論是山茶花烤的還是特正同學烤的，我覺得味道都夠當商品了。」

「我也贊成。兩邊都好吃。」

「真……真的嗎！既……既然你這麼說，那就沒有辦法！來，多吃點！」

「火呼（我吃）。火呼（我吃）後戶了（就是了），壺要賀樣（不要這樣）。」

山茶花同學，不要把烤雞串硬往我嘴裡塞。

「不，這樣的烤雞串不行……跟元木比都沒得比……」

看來對自己太嚴格的小風是拿小柊當成滋味的基準。

所以他才會這麼消沉啊？

「小風的烤雞串也夠好吃了吧！」

「……不，我一吃就知道，我的烤雞串有點乾。我想多半是烤太熟了……得像元木的烤雞串那樣更多汁才行……」

「可是，汝都有照吾說的時間烤……小風，汝該不會……」

「對，就是這個『該不會』。」

喂，小風，你笑得這麼剽悍是怎樣？

是說，這個互動……感覺剛剛好像在哪裡看過……

「能夠看出因材料不同而會有微妙差異的濃縮了極致美味的那一瞬間，這樣的能力（力量）——『火的恩惠（迦具土神）』。我打算練出這個力量。」

喂，又跑出奇怪的必殺技了啦。

「吾花了五年才練出那個呢。」

「五年嗎……值得我去練啊……」

「呵！小風，汝將來可以成為一個好的雞斯坦呢。」

小風，你冷靜。

你是棒球選手，絕對不是雞斯坦。

不要那樣紮紮實實地被一步步納入小柊世界。

不過說起來，光就現在的情形看來，我們隊也算是相對順利。

在烤雞串這方面，還是小柊烤的滋味特別好，但山茶花和小風烤的也很好吃。

如果拿炸肉串來比較，在滋味的水準上，小椿和小柊是大師級，然後小桑、葵花、小風、山茶花是高階。也就是說，在這方面兩隊沒有差距。

雖然在傳單這方面落後，但 Pansy 和 Cherry 構思的提升顧客流動率的手段，在小椿隊那邊就沒聽到他們提起。

照這樣看來，也許意外地有得一拚——

「啊～～！今天的吾好努力啊！為了犒賞自己，明天吾要好好休息！」

明天可是彩排呢，小柊同學。

算我求妳，妳有點自己是主力的自覺好嗎……

「小柊，明天是彩排喔。要是妳休息，我們會很為難的。」

「咿！Pansy……真的要彩排喔？人會好多……」

她似乎抗拒到忍不住變回原本說話的語氣了。

「不用擔心啦，小柊仔！妳想想，昨天妳還那麼怕我，現在我們就很要好了，妳只要對來的客人也這樣就好了吧！簡單簡單！」

「可是，Cherry 把東西忘在學校，急急忙忙跑回去拿，還喘著大氣回來，想喝可樂，又弄得制服全濕……是個不可怕的人！」

妳用來建立友情的方法還真是令人耳目一新耶……

所以 Cherry 才會穿著體育服嗎？

「今……今天只是碰巧吧！我平常更牢靠的吧！」

「是啊。今天的 Cherry 學姊跟平常相比，已經很牢靠了。」

「小風！你安靜！」

「……唔。對不起。」

Cherry 平常的粗心大意到底是嚴重到什麼程度呢？

之前去唐菖蒲幫忙他們學生會業務的時候，她也搞出了很大的疏忽，該不會有比那次更嚴重的？

「總之！明天的彩排，小柊仔一定要參加！山茶花仔和小風烤雞串終究只是小柊仔離開攤位時頂替而已吧！」

「嗚哇～～～！那……那你們要幫我準備一個可以躲在裡面烤的地方！不然我會死掉的！在陌生人前面烤，很可怕！」

「不行！讓客人看到烤雞串的過程也是重要的表演之一吧！所以妳要忍著，在攤位前面烤！知道了嗎！」

「啊嗚。知道了……這個，小椿以外的店也都在做……我會努力的……」

小柊被 Cherry 的氣勢震懾住，乖乖聽話。

但她似乎還是無法澈底揮開不安，發抖抓著 Pansy 的手臂不放。

「不用擔心，小柊。我們也會陪在妳身邊，所以不用怕。」

「Pansy……」

「而且，妳不是想贏過小椿嗎？」

「……！妳說得對！我要贏過小椿！」

妳漂亮地拿小椿當幌子，激發了小柊的鬥志啊。

「好～～！事不宜遲！所以呢，花灑！我有事情要拜託你！」

有事要拜託我？也好，她本人都拿出幹勁了，就算多少有些強人所難……

「希望你把所有明天可能會來的客人，都在暗巷裡敲昏！」

「哪有可能辦到啦！妳為什麼每次都要突破強人所難的容許範圍啦！」

明天的彩排，只讓我愈想愈不安……

*

——翌日。

到了離運動會只剩一週的週六早晨。

今天是為了因應即將來臨的運動會而要進行彩排的日子。

我在上午七點三十分去到「元氣烤雞串店」的店門前，看到Pansy、山茶花、小柊、小風都到場了。我已經比集合時間提早三十分鐘來了耶……

「啊！花灑！早安！」

小柊一看到我，就用力揮手。

或許是因為現在才一大早，商店街幾乎沒什麼人，只見她身穿烤雞串店的制服，一副充滿幹勁的模樣。

其他成員，包括我在內，所有人都穿著方便活動，弄髒也無所謂的便服。

「啊啊，早啊，小柊……Cherry 學姊還沒來嗎？」

「她如果沒出任何狀況，會在集合時間十分鐘前出現。」

「喔……喔喔，這樣啊……謝啦，小風。」

沒出任何狀況……是吧。

為什麼用來形容 Cherry，這話就變得莫名有點分量呢？

「今天我們一起加油吧，花灑同學。」

Pansy 用力握緊雙手，強調自己的幹勁，的確是很可靠……但今天也是綁辮子、戴眼鏡喔……今天是週六，而且在場所有人都知道妳的祕密，換成那副打扮又有什麼關係嘛……

「……我有點想抱怨，不知道您能不能理解呢？」

「我能理解。今天的練習，大家要各自去練習自己分配到的工作，所以你能和我在一起的時間很少，覺得很寂寞吧？真是的，你就是愛撒嬌……」

「好厲害啊，連理由的邊都沒擦到，簡直令人戰慄。」

不要忸忸怩怩的，我看了就怕。

「也就是說，你想趁現在打情罵俏個夠是吧。你這個人真的好下流……」

「就跟妳說不是這樣了！我一點都不想跟妳打情罵俏！」

「你這樣動不動就生氣，原本就已經很少的腦細胞會死光光喔。」

我說真的，這女的這種多餘的毒舌實在很討厭！

為什麼我一大早就得累積這樣的壓力？

「呼～～呼～～……呀、呀呵～～！大家好早喔！早……早安吧！」

接著三十五分鐘後，也就是集合時間五分鐘後，Cherry 帶著略顯尷尬的笑容出現。

這樣的遲到還在容許範圍內，但她到底為什麼會遲……

「哎呀～～！早餐是細骨頭很多的魚！我就晚搭了一班電車啦！」

理由也太嶄新了。

「……比之前的肋排好了……」

一大早就是晚餐級啊。

我對 Cherry 家的早餐產生了一點興趣。

「可是，晚到的份我會努力拚回來的吧！大家大家！我啊，想到了一個點子用來招攬客人！」

「是喔，是什麼樣的點子？」

「哼哼哼！花灑仔，你問得好吧！」

不問就沒完沒了啊。

「噔噔～～！只要穿上這個，就沒問題了吧！」

Cherry 這麼說完，意氣風發地拿出來的是圖書室關閉危機時她也準備過的女僕裝……但款式和以前不同……總覺得，很暴露。

胸口大開，而且裙子也很短。

我自己是希望一定要有人穿上，但穿這個應該會相當難為情吧？

「只要穿上這個，保證會有很多客人來吧！我一共帶了兩套來，所以就請除了我以外的兩個人……」

「我……我才不穿這種衣服！多難為情！」

「我也不要。」

「吾……吾沒辦法！這種衣服，太羞了！」

女性群理所當然發出大量的抱怨。

附帶一提，Cherry 似乎也不想穿，不客氣地省略了自己。

「我和花灑，尺寸就不合啊。」

我們不用包括在內。要是我們穿上這種東西，事情可就不得了啦。

「咦～～大家，都不想贏小椿仔嗎～～？我是既然要比就說什麼都想贏耶～～嘻嘻嘻嘻嘻！」

「話……話也許是這麼說沒錯啦，可是要穿成這樣，我……」

「山茶花仔穿起來一定很好看！而且，我覺得花灑仔一定也想看山茶花仔穿這衣服的模樣啊～～」

Cherry，不要突然把話題扯到我身上……

「你……你！是打什麼主意啦！」

「我什麼都沒說好不好！我才不想看這種……」

「為什麼不想看啦！」

「對不起。」

慘無人道的不講理。

「櫻原學姊，為防萬一，我想先問個清楚……」

「嗯～～什麼事啊～～堇子仔？」

「既然妳說什麼都想贏，那我們是不是可以當作如果我們因故沒有人可以穿這款衣服，妳就會率先穿上？」

「那當然！不過也要有這樣的理由存在才行啦～～！嘻嘻嘻！」

啊，Cherry 這下被將軍了。

這孩子為什麼會以為跟 Pansy 吵架可以吵贏呢？

「在正式的運動會那天，我們西木蔦高中的學生不只要擺攤，還要參加運動會。到時候，必然會換上體育服，所以我想在擺攤時也會穿一樣的衣服。」

「……啊！」

就是說啊。這理由極為正當，說得一點也沒錯。運動會辦在週六，所以唐菖蒲高中的小風和 Cherry 也才能夠來幫忙，但他們兩個沒有要參加的項目嘛。雖然我們有就是了。

「既……既然這樣，只要沒參加的時候換上……」

「妳覺得人數只是剛好湊足的我們有這種餘力嗎？」

「感……感覺沒有吧……」

「也就是說，我們因故沒有人可以穿這些衣服。」

「哎、哎呀～～那就沒辦法吧！這件事就當沒提過——」

「妳說什麼都想贏吧？」

「嗚！是……是這樣沒錯啦……」

「那麼，就是這麼回事。」

「……好吧……」

到頭來是弄得只有 Cherry 要獨自穿上這很暴露的女僕裝。

太好啦，這樣妳不就能夠占性感缺來大顯身手了嗎？恭喜妳，還有，謝謝妳。

「小……小風！那個，還有一件，如果你不介意，就跟我一起……」

「尺寸不對，我想應該有困難。」

我真想問問你這種尺寸對了就會穿的鋼鐵精神是怎麼回事。

「嗚嗚……既然這樣，我就想辦法說得山茶花仔抗辯不了，當天陪我穿……」

「我……我可不穿！我絕對不穿！」

Cherry 似乎還有什麼圖謀，不過……嗯，我支持妳。

加油啊，Cherry……妳真的要加油啊！

「那麼，大家都到齊了，我們開始準備吧……小柊，妳還好嗎？」

「我……我可以的！我會加油的！」

妳的身體有點在發抖……不過現在幾乎沒有人在，大概是不要緊吧。

之後就在 Pansy 的指揮下，我們開始進行擺攤的準備。

*

上午九點四十五分，我們在商店街的一角架設了攤子。

只讓一群學生擺攤，在很多方面都有危險，所以有監護人陪同。就在離攤子一小段距離外，可以看到小柊的哥哥正為她交到許多朋友而感動落淚。

「呼，這樣一來，就勉強有個樣子了呢，Pansy！」

「是啊，山茶花。比預料中花了更多時間，所以得在當天之前好好記住架設的順序才行啊。」

她們兩人說得沒錯，架設攤子是很辛苦的工作。

架設攤子比想像中更費工夫。

光是知道這件事就不枉我們來彩排了。

「那就照原本分配的工作進行吧。開始時，我和花灑結帳，小柊和山茶花烹調，櫻原學姊和特正同學招呼客人。」

「嗚嗚～～！既然這樣，我就自暴自棄吧！做給你們看吧！」

所有人都點點頭，在這當中紅著臉大叫的是Cherry。

其他成員都穿著不怕弄髒又好活動的衣服，有唯一穿得很暴露的女僕，存在感實在非同小可啊。

看到她這樣，我雖然覺得賺到，仍然能夠保持冷靜，相信有很大一部分是因為這並不是兔女郎裝。如果至少有兔耳……

「山……山茶花！吾支持汝，要加油！」

「喂，小柊！妳為什麼蹲下來躲著啊！妳才是烤雞串的主力，我是負責裝盒之類的助手吧！」

路過的人漸漸增加，讓烤爐前即將要突破極限的小柊全身發抖，眼看隨時都會拔腿就跑，但她仍維持強勢的口氣，所以應該還不要緊。

拜託妳啦，山茶花……

「那麼，烤好幾串之後，我會出聲招攬客人，就麻煩給我個信號吧！小風要盡量找女生喊話！」

「我明白了。」

攤子前，Cherry 和小風已經各自做好了招攬客人的萬全準備。

現階段一切似乎會順利，然而……

「Pansy，照妳的預估，妳覺得當天的情勢會是怎麼樣？」

我用小柊聽不見的小音量對 Pansy 問起。

結果 Pansy 微微靠過來，也小聲對我說話。

Pansy 身上一股有著清涼感的溫和香氣微微刺激我的鼻腔。

「這個嘛，我想關鍵應該在起步。」

「這話怎麼說？」

「客人愈多，小柊就愈無法正常運作。所以今天彩排時，也要趁客人還少的時候，盡量讓她多烤好一些烤雞串，等到開始有很多客人後，先讓特正同學頂替會比較好。」

「原來如此。妳說得的確沒錯。」

現在時間還早，所以路過的人少，但到了中午左右就會有相當多的人來到商店街。

因此如果有大群客人湧來，就要先把小柊換下來一陣子是吧。

「不過，要是從小柊一下子換成小風和山茶花，味道就會……」

「不用擔心。為了因應到時候的需要，我趁昨天就先請小柊把烤雞串備料到只差火烤的狀態，裝在那邊的紙箱裡。雖然烤法上會讓滋味有差距，但還是足夠當成商品賣。」

說著 Pansy 朝堆在攤子後面的紙箱指了指。

她已經把對策準備到這個地步啦？

該怎麼說，這次真的是從頭到尾都靠 Pansy……

「哦，真的擺了攤子出來呢。」

這時一名少女出現在我們的攤前。是穿著便服的小椿。

「小椿……妳怎麼會來這裡？」

她們在同一條商店街開店，所以在這裡也不奇怪，但小椿的口氣會像是一開始就是要到這裡來，是因為……

「我昨天聽 Pansy 說，你們要做運動會的彩排呢。」

原來是 Pansy 告知的啊。

不過就算被小椿知道也不會有什麼困擾，應該沒關係吧。

「小……小椿！汝來這裡做什麼！難道，是來見吾……」

「怎麼可能呢？我只是來看看情形。」

「也就是說，汝在怕吾是吧？哼哼哼……」

要知道，這個人跟直到剛才都還因為要攤攤而嚇得要命的傢伙可是同一個人耶。

「嚴格說來，是提防花灑和 Pansy 呢。而且我作夢也沒想到你們竟然會拉小風和 Cherry 學姊入夥。」

「呵！只要吾出手，這點小事根本不費吹灰之力！」

是啊。妳就什麼都沒做啊。

是我啊，是我邀他們進來的。

「小椿啊，如果汝要認輸，就要趁現在。只要汝現在乖乖認輸………吾就不用在人前烤雞串了！求求汝！請汝認輸！」

喂，後半是怎樣？

「我不可能輸呢。之前我也說過吧？我最討厭只會依賴旁人，都不試著靠自己解決問題的傢伙，不可能輸給這樣的人。」

「唔唔唔唔……！還在做無謂的抵抗……！」

在做無謂抵抗的是妳喔。

「山茶花！烤雞串烤好了！麻煩裝盒！」

「知……！知道了啦……別這樣催我嘛。」

眼前就感謝小椿的登場吧。

畢竟小柊受到小椿的觸發，變得很有幹勁了。

雖然只是推想，Pansy 大概就是想造成這樣的效果才會告知今天的彩排吧。

「那個……謝謝妳來啊，小椿。」

「嗯。還有，難得來了，可以給我一串嗎？錢我當然會付呢。」

「謝謝。一盒三〇〇圓。」

「來，這就是商品。」

我把裝了五串烤雞串的盒子交給小椿，Pansy 跟她收錢。

小柊有夠凶地瞪著小椿，卻完全遭到無視。

「山茶花！吾還要繼續烤！吾要拚命烤！」

「啊～～！就說知道了啦！而且就算妳這麼急，一次能烤的串數也……呃，好快！小柊，原來妳烤雞串可以這麼俐落？」

「那當然！吾要努力！」

現在小柊充滿幹勁，只是……拜託，要盡量就這樣撐到底……

「那我還要回去顧店，先走了呢。掰掰。」

「好，再見，小椿。」

＊

——一小時後。

上午十一點三十分，商店街漸漸變熱鬧，來到攤子前的人也愈來愈多。

目前非常順利。在商店街設攤販賣……這樣的情形並不罕見，但加上「高中生」這個項目就吸引了眾人矚目。

如果正式對決當天也這麼順利…………看得見啊！看得見我偉大的青春少年小說——合法後宮，正朝我擺出蹲姿預備起跑的動作！

「這樣啊～～你們在運動會那天要擺攤，所以先來彩排是吧？我兒子還有客戶的千金也都讀西木蔦高中呢！」

就像這樣，開始有客人找我們聊上幾句。

我們每個人都有客人來聊天，但最多客人找上的應該還是在攤子前面整理排隊人潮和出聲招呼客人的 Cherry 吧。畢竟她穿成那樣。

還好也沒什麼奇怪的客人來，所以是沒關係，問題是……

「哇啊，年紀輕輕就能烤得這麼好，真了不起！」

「啊……啊哈哈哈……謝謝誇獎。來，小柊也……」

「咿！不……不可以跟我說話！」

問題是站在烤爐前的小柊。每次有客人找她說話，都由山茶花去應對。但對小柊而言，光是有人找她說話就只會造成恐懼。

「有好多人喔～～……好可怕喔～～……小柊拉警報了啦～～……」

就她本人而言，似乎已經拉警報（陷入緊急狀況）。

換作平常，她在烤雞串店工作的時候語氣會很高姿態，但現在卻是原本的怯懦語氣。

也就是說，她已經顧不了那麼多了，而且也已經淚眼汪汪在烤了……

「小柊，妳再努力一下啦！到時候……」

「嗚嗚嗚。我會死掉～～……」

連身旁的山茶花說話，她似乎都沒有餘力去聽，整個人開始搖搖晃晃。

看這樣子，差不多……

「特正同學，你去把小柊換下來。」

「唔？我嗎？……知道了。」

Pansy似乎也看出小柊已經撐不下去，吩咐小風去代替她。

她讓小風站在攤子附近以便隨時可以叫到，大概也是為了讓他隨時可以去把小柊換下來吧。

「元木，換人。妳去休息一下。」

「謝……謝謝你！我給你人情！」

我知道妳很慌，不過人情還是用「欠」的吧。

呃，好快！小風剛和她說話的瞬間，她就立刻躲到攤子後面去了！

「好……好可怕喔！滿滿都是不認識的人！……啊啊～這樣就可以放心了～～！」

她換成自己最中意的抱膝姿勢，縮在昨天就先備好料的烤雞串紙箱旁，鬆了一口氣。看這樣子，當天要不要緊啊？

「花灑同學，你去攤子前面幫櫻原學姊。山茶花，麻煩在我旁邊給商品。特正同學，烤雞串就先交給你。」

「好……好啊！」

「知道了！」

「嗯，包在我身上。」

由於有預先備料，也就採取烤雞串交給小風一個人烤，人員拿去填補其他空缺的戰法是吧。

不是叫山茶花，而是讓我去前面，多半是因為她判斷我打工就是在招呼客人，比較適合這個工作吧。

「Cherry 學姊，接下來我也來幫忙。」

「啊，花灑仔！謝啦！那我們一起加油吧！」

「……不妙啊。」

這時 Pansy 似乎發現了狀況，比平常更敏捷地起身，轉身面向在攤子後發抖的小柊。

「小柊，妳先離——」

「小妹妹，剛才就是妳在烤雞串吧？」

但為時已晚。

Pansy 的話還沒說完，就有一個大叔找攤子後面的小柊說話。

就是剛才說「我兒子還有客戶的千金也都讀西木蔦高中」的那個大叔。

「咿！呀！咿呀！」

「唔哇！妳……妳還好嗎？」

小柊突然聽到有人跟自己說話，嚇得重重坐倒在地。

不妙……大叔擔心地看著小柊，但這對她而言……

「我我我……沒……事……」

喔喔！我還以為小柊會拔腿就跑，沒想到還撐著在答話呢！

她拚命站起，甚至還好好行禮……

雖然身體在發抖，但比起以前在地區大賽決賽的時候，已經是大躍進了！

「喔！太好啦！沒有啦，因為妳烤的烤雞串好好吃，商店街的大家也都很開心，所以我是來跟妳道謝的！……跟我朋友一起！」

「朋……朋友？……咿！」

「喂～～大家！就是她啊，就是她！」

大叔喊話的同時招手，結果又有好幾個大叔過來。

他們應該都是在這條商店街工作的人吧。

不知不覺間被一共八個大叔圍住，讓小柊完全孤立了。

「啊……啊……啊啊啊……」

「很厲害吧？長這麼漂亮的女生，烤得出那麼好吃的烤雞串耶。」

大叔與有榮焉似的自豪地說，然而這絕對不妙！

我想趕快過去支援……但是不行，我這邊也得招呼客人……

「花灑仔，這邊你不用管，趕快過去比較好吧！」

「知……知道了，Cherry 學姊！喂，小——」

「————！」

然而，我差了一點，沒能趕上。小柊被大群大叔包圍，撞翻紙箱，猛地拔腿就跑……呃，不會吧！

烤雞串全都從紙箱裡倒出來，撒滿了一地！

Pansy 說「為了因應小柊失能時」而請她準備的，已經備好料的烤雞串……全都浪費掉了……

「呃……呃……對不起喔，我們好像嚇到她了……」

大叔們過意不去地對晚了一步出現的我道歉，但這沒什麼好道歉的。

因為他們只是純粹想來道謝……

「不會，沒事的。我們才要說對不起……」

現在更重要的是，該怎麼辦？

烤雞串全都毀了，能烤出最好吃烤雞串的小柊不在。

照這樣下去，難得的彩排會……

「山茶花，收拾善後可以拜託妳嗎？」

「嗯……嗯！」

「啊！我們也來幫忙！大家，可以吧？」

立刻提議要幫忙的是這群大叔。

「不好意思，謝謝各位……」

「哪裡哪裡！真要說起來，都是我們突然找上門才會弄成這樣，你根本不用道歉！而且，遇到困難的時候就該互相幫忙！這是商店街的鐵則！」

這些人真的人很好啊。只是，小柊不明白這點。

對怕生的她而言，不認識的人都是可怕的。

她為什麼會這麼怕別人？

「Pansy，怎麼辦？既然那些烤雞串都不能用……」

「首先就把已經烤好的部分拿出來賣吧。」

Pansy 說得沒錯，現在還有已經烤好的部分，所以暫時不要緊。

但終究只是現在還有。

對於晚點會上門的客人，就實在不可能夠賣。

想要有足夠的量可以賣，就得……

「三色院，照這樣下去……」

「萬一有需要，可以麻煩你和山茶花兩個人烤嗎？」

「我會試試看，但憑我們要烤出元木那種水準的……」

我明白。所以 Pansy 才不是拜託站在翻倒的紙箱旁邊的我，而是拜託山茶花收拾善後。

我該做的事情是……

「是啊，所以我說萬一。花灑同學，你──」

「我去去就回來！」

我沒聽 Pansy 吩咐完就先跑開了。

既然預先備妥的烤雞串已經不能用了，剩下的唯一辦法就是把能夠烤好的人──把小柊帶回來。

不然彩排就會當場宣告結束。

我急急忙忙從攤子衝出來，目的地是「元氣烤雞串店」。

結果這邊也是生意興隆，店門口還是一樣大排長龍。

如果小柊跑掉，只可能躲來這裡。

我懷著這樣的確信，從後門進去一看……果然啊。

「好……好可怕喔～～……我討厭陌生人找我說話啦～～……嗚嗚！嗚嗚！」

小柊還是一樣，用跟她早熟的外表不搭調的抱膝姿勢啜泣。

「喂，小柊。」

「咿！花灑！對……對不起……啦……」

她全身發抖，但仍好好朝我低頭道歉。

看來她有自覺，知道自己做出了不該做的事情。

「既然妳都清楚就好。那我們趕快回去吧。要是沒有妳在——」

「我……我辦不到～～！好可怕喔～～！」

喂，鬧彆扭的小孩，不要這樣用力搖頭拒絕我。

那麼，我該怎麼說服這傢伙？好，這種時候就向 Pansy 看齊……

「妳的心情我懂……可是，這樣真的好嗎？」

「……！我……我的心情……花灑會懂？」

喔，似乎有效果啦。之前她的態度都是絕對地抗拒，現在則以哭腫的眼睛看過來。

也就是說，她有要聽我說話的意思。

「小柊，妳不是小椿的對手嗎？既然這樣，就要像小椿那樣努力啊。」

「……像……小椿那樣……」

小柊的身體停止發抖，站起來，慢慢走向我。

很好很好，拖小椿出來大作戰似乎是成功啦。

「是啊，就像小椿那樣。好啦，我們趕快走吧。」

我說話的同時，筆直朝小柊伸出手。

結果小柊把自己的手伸過來……

「……唔！」

「我不去！花灑跟大家說一樣的話！」

她粗暴地拍開了我的手。

「虧我……虧我一直相信花灑不會說這種話！嗚嗚……嗚嗚～～！」

這……這是怎麼了？小柊的模樣不尋常耶。

她用看著叛徒似的眼神看著我……

「每次……每次每次每次！大家一～～～直都這麼跟我說！說『妳的心情我懂，可是，妳要像小椿那樣努力』！」

不妙……我恐怕說出了對小柊而言的禁語……

「我照大家說的好好努力了！討厭的東西也忍著吃了！念書和運動也都努力了！雖然每次都贏不了小椿，但我還是努力了！可是，大家卻不肯誇我！每～次都說：『小椿比較厲害！』『小椿比較能幹！』我……嗚嗚……嗚嗚……一次都沒被誇獎過！」

聽到她這麼說，我想到了她過去的言行。

她不管多小的事情，只要做出成果，每次都會對我們這麼說。

要我們「多誇幾句」。那是過去一直被人拿去和小椿比較卻得不到半句讚美的小柊由衷的願望。

「小椿好厲害好厲害！沒有人贏得了小椿！可是，只有我被大家說！說『妳要贏小椿』！明明誰都贏不了，為什麼要我去贏！為什麼大家自己做不到的事，卻叫別人去做！這太奇怪了吧！」

她說得……沒錯。我不應該輕率地說出要像小椿那樣這種話。

「嗚嗚……嗚嗚……我不是小椿……我是小柊啊……」

小柊任由眼淚奪眶而出，將滿腔心意化為言語。

不是小椿，是小柊。我覺得她所有的心意都灌注在這句話裡了。

「既、既然這樣！妳就以小柊的方式一起努力看看啊！這樣說不定小柊也可以……」

「不行啦……小椿是與眾不同的孩子。平凡的我贏不了她……」

「這是怎麼說啦？」

「以前……國小的時候，有一次班上要選班長。當時大家都不想當，所以誰都沒舉手。就算老師說：『在有人舉手之前，大家都不能回去。』還是沒人舉手……我也沒舉手。」

這應該是小椿和小柊感情還很好的時候發生的事情吧。

這種狀況我懂。得有人去做，可是，誰都不想做。

所以，大家靜靜等待，等待有別人願意犧牲（舉手）……

「可是，當時……小椿就舉手了。」

是啊，小椿很能幹。要是大家都為難，她就會站到幫助大家的那一邊。

當時的情景，我可以鮮明地想像出來。

「我當時就覺得……小椿是個與眾不同的孩子，是個敢在大家面前舉手的孩子。所以，我很崇拜她！所以，我最喜歡她了！……可是，一樣的事情我就做不到！我是個不敢舉手，跟大家一樣的平凡小孩！」

也就是說，對小柊而言，怕生的自己是「不敢舉手的多數」。

不屬於這情形的小椿則是與眾不同的人，是吧……

「敢舉手的小椿是與眾不同的明星；不敢舉手的我是平凡的人。可是……我只是平凡，大家卻說我這樣不行！」

……原來是這麼回事啊。

從一開始，小柊就覺得自己只是和周遭的人做著一樣的事。

可是，只有自己被指指點點，遭到否定。

即使拚著做出成績，還是被拿去和與眾不同的人比較，得不到稱讚。

「被罵好可怕……被討厭，更可怕……」

「所以妳才會變得怕生嗎……」

我應該好好想想才對的。多想想小柊會怕生的原因。

我一直以為小柊是害怕別人……然而，並不是這樣。

小柊是害怕被別人討厭。

得做得像小椿那樣……不，是得做得比小椿更好，不然就得不到肯定。不但自己得不到肯定，還會被否定，被討厭。她就是討厭這樣才不再和人來往。

「其實，我也想變得像小椿那樣與眾不同……」

「不……不會啦，小柊也很與眾不同！妳不是烤得出有夠好吃的烤雞串嗎！而且妳想想，妳不是和我們也當了朋友嗎！妳夠厲害了啦！」

「沒有這種事！小椿也炸得出好吃的炸串！小椿的朋友比我多了好多好多！」

小柊不斷搖頭，否定我說的話。

「嗚嗚！嗚嗚～～……我其實也想變成像小椿那樣啊，也想變成能好好跟不認識的人說話，和他們變得要好……可是，我好怕喔……就算叫我做，我就是做不到……」

就是啊，小柊也不是什麼都沒在想。

她也拚命想治好自己怕生的毛病。

「虧我以為這次終於沒問題了……現在我有花灑、Pansy、山茶花、Cherry、小風……有這麼多這麼棒的朋友陪在身邊，我還以為這次辦得到……可是，我還是辦不到……我果然是個平凡的小孩……是個沒辦法與眾不同的，平凡的小孩！」

小柊自己應該也是做出了覺悟來迎接今天的挑戰吧。

心想只要和這群自己能夠信任的人在一起，這次就終於能夠變得與眾不同。

然而，她沒能辦到。所以才會心灰意冷嗎……

「不，小柊，妳不是能夠做到我做不到的事嗎？」

「花灑能做到更多我做不到的事！」

小柊流下大滴眼淚，大聲呼喊。

「花灑就像一根把大家團結在一起的串枝！Pansy 能用寬廣的視野觀察事物來行動！山茶花比誰都善良，會保護我！小風不管什麼時候都很冷靜，絕對不會慌！Cherry 總是笑得活力充沛，能讓大家也跟著笑！你們每個人，都好厲害！每個人都和小椿一樣！都是敢舉手的人！所以，你們不會懂我的心情！」

妳果然也很厲害嘛……妳能夠像這樣坦率地肯定其他人厲害的地方，完全不嫉妒，這也是非常了不起的力量啊。

「我全都討厭！不管是突然找我說話的人！還是叫我像小椿一樣努力的人！可是，我最討厭的……是想去做，卻什麼都做不到的我自己！」

「這樣啊……我知道了……」

這不是那種馬上就能解決的簡單問題。

非得除去深深紮根在小柊心中的恐懼不可。

小椿想必從一開始就察覺到小柊怕生的原因。

正因為這樣，當時她才會說「那種話」。

我總算搞懂了……

「花……花灑，啊嗚……花灑也討厭我了嗎？」

我到底該對小柊說什麼才好？

小柊流著眼淚哀求似的盯著我，窺看我的神色。

要除去紮根在她心中的問題，我該說什麼才好……

「我才沒有討厭妳。我跟妳是朋友。」

我竟然只說得出這種話，真是沒出息……

「嗚，嗚嗚嗚！謝謝你～～……謝謝你～～……」

別這樣……不要這麼高興地看著我。

我就只是逃避了而已。就只是因為不知道該說什麼，所以只回答了妳的問題。

「眼前，我先回攤子那邊。至於妳……今天就好好休息吧。」

「對……對不起……」

「沒關係啦。今天是彩排，就是要失敗才好吧。」

「可是，正式對決也……」

「那天要怎麼做，我們先不要現在就決定，晚點再決定吧。就這樣，我要走啦。」

我最後告知這幾句話就離開了「元氣烤雞串店」。

當我急急忙忙再趕回攤子，看到的是一群因為烤雞串賣完而客訴的客人。

以及 Pansy 朝著這樣一群客人深深一鞠躬道歉的身影……

我為妳的認真而戰慄

從那次彩排後過了一週的週六……今天是運動會當天。

也不知道是幸或不幸，今天是個大晴天。

上午九點三十分，萬里無雲的晴空下，西木蔦高中的全校學生都在運動場上集合，目光集中在台上手舉向天空的棒球隊前隊長——屈木學長身上。

「宣誓！我們誓言將秉持運動家精神，發揮以往學到的一切，堂堂正正，全力以赴！選手代表，屈木海士！……Ｖ！」

「好耶～～屈木！Ｖ！唔呵呵！」

屈木學長最後用舉向天空的手比出勝利手勢大喊。

在固定的台詞中加進一點點幽默，營造出融洽的好氣氛。

這選手宣誓配得上作為運動會開始的宣告。

順便說一下，體育老師庄本（猩猩）也搭屈木的便車，舉起比著勝利手勢的手在笑，不過這個老師會做這樣的事喔？他給我的印象一向都是正經又嚴格耶……不過沒關係啦。

之後學生們順利完成揭幕典禮，各自回去自己班級所在，我和一部分學生卻不是回自己班上……而是前往稍遠處的教師與運動會執行委員所在的棚子隔壁。

而在那兒……

「花灑仔，你回來啦！哎呀～～選手宣誓果然帥氣耶！」

「屈木學長的嗓音還是那麼豪邁啊。我都想起今年地區大賽的決賽了。」

等著我的是穿得非常暴露的女僕裝Cherry，以及身穿唐菖蒲高中棒球隊球衣的小風。

這次的運動會還將同時進行「陽光炸肉串店」與「元氣烤雞串店」的銷售串數對決——更正，是聖戰。開戰時刻是定在只比運動會揭幕晚一點點的三十分鐘後，也就是上午十點。

雙方販賣的商品都是一盒五串三〇〇圓，禁止變更價格與串數。

這是因為一旦開放自由設定，某個卑鄙的男生就可能會為了在銷售量上得勝，將價格降到極端地低。

……真是的，是哪個卑鄙的傢伙會想這種招啦？

另外關於設攤位置，我們「元氣烤雞串店」離執行委員等人員所在的棚子很近。而隔著運動場的對面，則是「陽光炸肉串店」設攤的位置。位置不會造成有利或不利。

畢竟距離校門的距離都差不多，而且進入學生與家屬視野的程度也沒有兩樣。

也就是說，條件完全對等。

這樣的狀況下，決定勝敗的因素完全在於商品的品質與成員，然而……

「我說小柊，一下子就好，妳要不要烤些烤雞串？妳也知道，妳烤的比我和小風烤的好吃多……」

「…………！」

「啊！何必躲那麼遠啦……」

就像這樣，小柊怕生的毛病比先前更惡化了……

原因當然就是那天彩排的大失敗。

先前她只要身邊有朋友在，儘管怕生，還是能夠溝通，現在卻是這副德行。

只要有一兩個陌生人在，她就一句話也不說，要她烤雞串更是門兒都沒有。

然而，她一個人似乎又會怕寂寞，維持著離我們不遠不近的距離，現在就抱膝坐在攤子邊邊，頭碰著膝蓋，消沉得任誰也看得出來。

看到她這樣會覺得五味雜陳，應該就是因為是我自己刺激到了小柊的精神創傷吧。當時要是我能好好和小柊說話……

「不好意思，Pansy，都是因為我搞砸了……」

「別放在心上。別說這些了，現在還是專心準備吧。」

「嗯，知道了……那麼，要怎麼辦？」

「既然沒辦法請小柊烤，那就得請山茶花和特正同學烤了。」

也就是說，照這樣進行下去，我們肯定會輸吧……

雖然我們準備了趁前一天就請小柊備好的烤雞串，但既然賣的是烤的功力會讓滋味不一樣的烤雞串，比起小柊烤的烤雞串，憑臨陣磨槍的山茶花和小風，味道就會有很大的差距。

我們本來就已經在團隊成員的人氣與傳單水準上被拉開了很大的差距，一旦連商品的品質也輸，銷售量的差距就會被「陽光炸肉串店」拉得更開吧。

「我得想辦法讓小柊振作起來才行啊……」

說起來，彩排當天刺激到小柊精神創傷的就是我。

這個責任我要好好……

「花灑同學，你這麼說就不對了。小柊的問題應該由大家一起解決。」

「不，Pansy，都是因為我在彩排當天……」

「那麼，如果我和花灑同學的立場對調，你會把這件事交給我一個人去做嗎？」

這女的，真的很懂怎麼問讓我為難的問題，所以我才覺得她棘手啊……

「三色院說得沒錯。如果有人失誤，就應該所有人一起彌補。這是當然的。」

「唔嘻嘻！我也這麼覺得呢！像我就常常失誤，讓大家幫我！」

「就是啊！而且，你本來就什麼事都太喜歡一個人想辦法了！你可以多依賴我一點……啊！我……我如果有空，會幫你啦！然後，我現在正好有空！」

可惡，這些傢伙，人真好……

即使落到這種狀況，他們仍然願意陪我們擺攤，連小柊都這麼照顧……

「……謝啦。」

「好的，不客氣……呵呵，你還是一樣愛撒嬌。」

雖然這女的得寸進尺就讓我有點火大。

「啊，對了，花灑仔，大家參加運動會的行程跟之前說的一樣嗎？」

「一樣。我十點半要參加兩人三腳，還有下午兩點要參加借物賽跑，會離開這裡。Pansy和山茶花還有小柊的行程，也跟之前通知的一樣。」

「了解！……也就是說，最辛苦的大概是下午兩點到兩點半啊。不只是花灑仔，連菫子仔也要參加借物賽跑，所以會不在吧？」

「是……照計畫是這樣。」

沒錯，問題最嚴重的就是這個時段，我和 Pansy 會同時離開的下午兩點。

既然小柊不能派上用場，就得靠山茶花、小風、Cherry 三個人來顧攤。可是，三個人實在太……

「啊哈哈！花灑仔，你不用那麼擔心吧！」

「可是……」

「別說那麼多了，別在意別在意！會有辦法的吧！倒是現在還有時間，可以請你去偵察一下嗎？」

「偵察？妳是說，去看小椿攤位的情形？」

「嗯！剩下的準備工作我們會做，花灑仔去看一下對方的情形吧！然後，如果有什麼我們現在開始模仿都還來得及的好方法，就告訴我們！」

「……我明白了。我去觀察觀察。」

運動會比小椿和小柊的聖戰早一步開始。第一個項目是丟球入籃。

我朝運動場上瞥了一眼，結果參加丟球入籃的葵花發現了我，朝我用力揮舞雙手。綁頭帶很適合她耶。

「……加油啊，葵花。」

葵花帶著天真爛漫的滿面笑容重重點了點頭。

真不愧是兒時玩伴，我們離得挺遠的，但她只讀唇語就看出我說什麼了嗎？

如果沒有聖戰擺攤這件事，我就可以好好為她加油了……

之後，我繞了運動場半圈，抵達目的地。一個攤子高高聳立。

明明尚未開始營業，周圍已經有許多學生來觀摩。

我們那邊就一個人也沒來……這就是人氣的差距嗎……

「嗚哈！像這樣大受矚目，就像在打比賽一樣啊！」

「穴江，不要摸魚，好好幫忙準備工作。不然我也可以去跟 Cosmos 說，要她取消你的休息時間喔。」

「咿！別這麼狠心啊，樋口學長！」

「真是的……就算當上新隊長，也是稍微沒看著就這樣……」

「──像這樣一邊說穴江，自己也很在意女學生，偷偷擦了香水來搞時髦，就是樋口之所以是悶聲大色狼的原因啦！」
「屈木！我不是說過叫你別多嘴嗎！」
「嗯，你是說過！可是，我就是要說！哈哈哈！」
這時正在談話的是棒球隊的屈木學長、樋口學長，以及跟我同年級的穴江。
棒球隊果然對團隊合作有一套，設攤速度跟我們不是同一個水準。
我們到剛剛才總算搭好攤子，他們卻已經連內部裝潢都弄好了。
「喔，這不是花灑嗎？你是來查看我們的情形嗎？」
「是芝啊？算是吧……差不多是這樣。」
這個注意到我並找我說話的人，是小桑在棒球隊的搭檔——擔任捕手的芝。他雙手抱著兩個紙箱，還若無其事地跟我說話，體力果然好。
順便說一下，關於其他隊員…………攤子裡有小椿和蒲公英，但Cosmos、翌檜還有小桑都不在。他們跑哪兒去了？
「呃，小桑和Cosmos會長他們幾個呢……」
「現在在發傳單。因為讓女生幫忙設攤，不如請她們去發傳單來得有效啊。洋木得炸炸串，所以留在這裡。」
不妙，原來有這招……只是我們人手不足，多半模仿不來。
「這樣啊……可是既然這樣，蒲公英為什麼留著？」

「啊啊，那是因為……」

「唔哼哼！小椿娘娘！只要把我蒲公英特製的迷魂藥抹到炸肉串上，大家就會變成棉毛粉，保證可以讓銷售量提升嘿喲！」

「這麼一說，的確是！小椿娘娘果然不簡單嘿喲！」

「蒲公英，不可以用這種奇怪的藥呢。而且炸肉串的滋味也會變。」

我是不知道發生過什麼事，不過妳這小嘍囉當得可愈來愈有模有樣啦。妳這嘿喲呆女。

「她很可能會搞出不得了的事情，所以就把她留在這裡。」

「……有道理。」

看來芝和我心中對於蒲公英有多呆這件事，認知是一致的。

不，搞不好整個棒球隊都這樣？之前聽她說棒球隊裡除了小桑和芝以外都是棉毛粉，但這也很可能只是蒲公英自己會錯意……

「所以就由小桑代替她去發傳單是吧？」

「就是這麼回事。本來我是很想順便去和妹妹打聲招呼，不過他們說我一聊就會聊很久，所以不讓我去。虧我還只打算聊個三十分鐘而已……」

對喔，之前就聽小桑說過，芝最愛他妹妹了。

……姓「Shiba」，最愛妹妹……嗎？（註：「芝」與《魔法科高中的劣等生》主角姓氏「司波」日文讀音都是「Shiba」）

「……我說芝啊，你喜歡的顏色是什麼？」

「咦？我喜歡的顏色？…………銀色吧？」

「真不愧是兄長。」

「怎麼突然講這種話啦……」

我是想好歹還是要講一下。真的只是好歹講一下。

「啊，花灑，你來啦？」

這時小椿從攤位走出來，來到我身邊。

也因為是運動會，她的穿著打扮是體育服外披上圍裙。這相當新鮮。

「嗨，小椿。你們這邊看起來很順利啊。」

「嗯，棒球隊的大家有夠可靠，狀況好到最高點呢。你們那邊怎麼樣呢？」

「只要能解決唯一剩下的問題……我覺得是挺有得比。」

「……唉，果然是她在扯大家後腿啊……」

不用聽內容也能輕易斷定是吧？不過這也難怪啦。

小椿完全傻了眼……但其實我的意見不太一樣。

「小椿也許是這麼想，但小柊也夠努力了。」

「是喔……你為什麼會這麼想呢？」

小椿瞇起眼睛，模樣像是在察看我的表情。

同時，小椿也往我這邊湊過來一些，她身上一股像是很甜的泡芙會有的香氣傳了過來。

「因為她也已經盡了力。」

像今天也是，雖然在揭幕典禮後都縮在後面，但相對地，她昨晚就一直努力備料到深夜，早上卻比誰都更早來到學校，做好了架設攤台的準備。正因為小柊這麼盡她自己的一份力，我們才會仍然當自己是「元氣烤雞串店」的成員。

「小柊她的確怕生又沒膽，有依賴別人的毛病，這也沒錯。可是啊……她這個人，在非得自己好好努力不可的時候，能夠好好努力。」

「這種事，身為她對手的我最清楚了呢。」

就是說啊。畢竟這麼久的交情，清楚也是當然啊。

「可是，只努力是不行的呢。這世上有太多人都拿『努力』當免死金牌了。」

「這我也有同感啦。不過，不只這樣……就是因為她好好做出了成績，我才會說她很努力。」

「小柊她？她做出了什麼成績呢？」

「喂喂，小椿妳這些年來不也都看著嗎？」

我對歪頭納悶的小椿剽悍地笑了。

「之前她都沒什麼朋友，現在卻好好靠自己交到了朋友。其實她怕得不得了，但還是忍下來，彩排的時候在人前烤雞串……理所當然的事情，能理所當然地做到，我覺得已經夠厲害了。」

大叔找她說話的時候，她也已經拚命在回話。

「妳應該不知道吧？彩排那一天，吃了小柊烤雞串的人跑來道謝說『非常好吃，謝謝妳』呢。」

「這我還是第一次聽到……」

小椿微微睜圓了眼睛。

該怎麼說，讓這種平常很冷靜的對象吃驚就有一點點賺到的感覺。

「我說小椿，妳之前不就說過嗎？『我會澈底打垮「全力來挑戰」我的小柊』……那麼，贏過現在的小柊，妳會心滿意足嗎？」

「…………」

小椿沒回答。

然而我能夠確信她確實聽懂了我的意思。

「看在妳眼裡，也許還差得遠，但她也已經盡力在一點一點慢慢地舉手。只是她自己沒發現就是了。」

所以，只要再多一點……只差一點點契機，小柊就能夠站起來。

「舉手，是吧……嗯。謝謝你告訴我呢。」

「嗯。妳如果有興趣，也來看看我們攤位的情形吧。我都跑來偵察敵情了，妳來我們也

歡迎的。」

「知道了呢。等我有空就去看看呢。」

「我等妳……那我也差不多該回去——」

「啊，是如月學長嘿喲！該不會是太想念我，寂寞爆發，結果跑來這種地方！真是的喔～～！真拿學長沒辦法嘿喲～～！唔哼哼哼！那我就破例——」

「再見啦，小椿！」

我朝小椿一揮手，就回我們的攤位去了。

背後傳來有夠吵的嘿喲語抱怨，不過我當然當作沒聽見。

＊

上午十點，運動會第一個項目丟球入籃結束，過去一看情形，目前我們紅組微幅領先。

而上午十點，也就是聖戰開始的時刻。

Pansy 說過這是關鍵所在的起步階段，可是……

「歡迎光臨！有好吃的烤雞串喔～～！要不要買一盒呢？」

攤子前面有穿著女僕裝的 Cherry 穩穩地將男學生與男性家長導引到攤位來。

「……來，找您七〇〇圓。」

「這是您的東西！謝謝惠顧！」

對於來消費的客人，由 Pansy 找錢，我交付商品。

……怎麼樣？覺得很順利吧？

可是，這樣想就大錯特錯了。

「啊！他們喊說這邊是烤雞串耶！怎麼辦，要買去吃嗎？」

「嗯～～……剛才已經在對面吃了炸肉串，要不要晚點再說？」

「也對！吃太多又會胖，就這麼辦吧！而且也說不定還會去炸肉串攤再買一次嘛！棒球隊的隊員都在那邊，而且又好好吃！」

從攤位前走過的幾個女生之間有了這樣的談話。這些就說明了一切。

成員的校內人氣果然對起步順利與否產生了重大的影響。

對方有棒球隊隊員，還有學生會長 Cosmos、網球社王牌葵花、校刊社的翌檜。

對這些傢伙擺攤販賣這件事有興趣的學生就是會成群湧向「陽光炸肉串店」。

相對地，我們則是要招呼路過的學生和家屬才總算有生意做。

有些時候也會有人表示興趣而過來買，但和對面相比實在是天壤之別。

雖然不知道對面的銷售量提升了多少，遠方的人潮已經如實體現出敵我雙方的差距，讓我只能乾瞪眼。

而且棘手的是，連滋味也是對方占上風。相較於我們的烤雞串是山茶花和小風烤的，對

方則是由小椿來炸，所以會這樣是當然的。

我是很想請小柊烤雞串以追上滋味的差距，只是……

「…………」

小柊還是一樣靜靜地消沉。

她實在不是能夠烤雞串的狀態。

「……山……山山……茶……花。」

「嗯！謝謝妳，小柊！」

只是，她似乎還是有心想做事，小心不讓別人看見，靈活地維持抱著膝蓋的姿勢小幅度動作，把還沒烤的雞串端給山茶花。

山茶花面帶笑容接下，然而……實在沒有忙到需要小柊幫忙讓她省這點工夫啊。

「……再這樣下去，不妙耶……」

「是啊。如果小柊沒辦法烤，我們就贏不了。」

我對坐在身旁結帳的 Pansy 簡單說了兩句，她就淡淡地回答。

她的聲調一如往常，沒有任何變化，讓我多少安心了點，然而……

「即使被逼得這麼束手無策，妳還是很冷靜啊……」

畢竟狀況真的很令人絕望，哪兒都找不到反敗為勝的勝算。

「那還用說？」

Pansy 嘻嘻一笑，側眼看著我。

這實實在在就是所謂自信滿滿的笑容。

她為什麼可以擺出這種態度……

「因為花灑同學會想辦法。我找不到任何需要心急的理由。」

就是因為 Pansy 比我自己還更相信我，才會這麼棘手啊……

「也就是說，只要我製造出讓小柊復活的契機，之後就會有辦法？」

「我覺得沒這麼簡單，但你為什麼會這麼想呢？」

她是白痴嗎？

平常那麼敏銳，為什麼卻不明白這麼簡單的事情？

……既然這樣，我就原原本本地抄襲她剛剛的台詞，告訴她吧。

「之後 Pansy 不就會想辦法解決嗎？我找不到任何需要心急的理由。」

「真拿你沒辦法呢……」

妳是在笑什麼笑得那麼開心啦？妳剛剛不也才說過嗎？「如果小柊沒辦法烤，我們就贏不了。」

也就是說，只要小柊可以烤…………我們就贏得了吧？

「對了，花灑同學，時間是不是差不多了？」

「……啊！糟糕！」

對耶！我十點半要和翌檜參加兩人三腳，得暫時離開攤位！

坦白說，我是挺擔心的……

「不用擔心，交給我吧。比起這些……你要小心別受傷。」

「好、好啊。」

這是怎麼啦……怎麼想都覺得攤位這邊比較辛苦，卻還擔心我——

「如果你和翌檜貼得太緊，我也不知道自己會做出什麼事。」

「至少讓我在競技項目當中受傷好不好！」

就是這樣我才說 Pansy 可怕！還是趕快過去吧。

＊

『現在本會執行委員棚子旁的攤位在販賣烤雞串，對面則是販賣炸肉串。如果各位來賓有興趣，請務必惠顧。兩個攤位的價格都是一盒五串三〇〇圓。』

運動會的大會廣播。剛剛的嗓音……是山田同學吧？

總覺得上次聽到山田的聲音，已經是花舞展那時候了……不過大概是錯覺吧。

而且我偶爾去學生會幫忙 Cosmos 的時候也都會聊上幾句。

「啊！花灑，這裡啊！這裡！」

我一邊聽著廣播一邊前往進行比賽的運動場一看，就看到已經在那裡的翌檜發現了我，甩著馬尾蹦跳。

我就這麼和她會合，去排兩人三腳選手的隊伍，等著輪到我們，然而……

「哼哼哼！這一刻終於來了！」

「我是希望至少等快要輪到我們時，再把腳綁在一起耶。」

我和翌檜的腳已經被牢牢綁在一起，還真有點傷腦筋。

「你說這是什麼話！你知不知道我是怎麼費盡千辛萬苦才拿到兩人三腳的參加權！這可是我做了各種情報操作才好不容易弄到的啊！好、不、容、易！」

關於這件事，前陣子決定每個人要在運動會參加什麼項目時就發生了很多事情。只是我不太想回想，所以就不深入討論了。

「對了，你們攤位的情形怎麼樣？」

「這個嘛！在開張的同時就有好多人湧來，忙得很呢！忙到本來應該要負責招攬客人的葵花都得去整理排隊人潮了！」

……我想也是啊。不用問也知道對方占優勢，所以我早做好了覺悟，但竟然連出聲招攬客人都免了……

如果這種狀態被他們維持到運動會結束，那麼不管我們多努力，大概都追不上吧……

「別說這些了，現在重要的是兩人三腳！主要的活動終究是運動會啊！運動會！」

「我知道啦……可是妳也不用跟我貼這麼緊——」

「花灑討厭這樣嗎？討厭跟我一起跑兩人三腳……」

啊，這樣很卑鄙耶。像這樣很刻意露出消沉的表情看著我……

「我又不討厭……」

「哼哼哼！花灑果然很體貼！」

翌檜說話的同時往我身上貼得更緊。

柔軟的觸感，以及像是蘋果的洗髮精香氣。該怎麼說，讓人覺得秋天來了。

「花灑！快點，往咱身上靠緊一點哩！」

「就說根本還沒開始，不用貼這麼緊吧！」

「這種事情，當然！一定要的，是不是！」

妳亢奮過頭，津輕腔都跑出來了啦。

順便說一下，接下來參加的兩人三腳……我們遙遙領先拿下了第一名。

*

上午十點五十分，運動會繼續由紅組領先。

我跑完兩人三腳後跟翌檜道別，急忙回到「元氣烤雞串店」。

結果看到紅人群的各位已經在場，艾莉絲她……

「花灑！目前『陽光炸肉串店』的銷售量是三百七十五串！『元氣烤雞串店』是七十串！不妙啊！被拉開了好大的差距！」

謝謝妳告訴我。

那麼，為什麼妳會對兩個攤位的銷售量知道得這麼詳細？

「哼哼哼，因為我們有兩個人在那邊，兩個人在這邊，互相報告狀況啊！」

妳們的團隊合作還是一樣厲害啊，喂。

不過，實在不妙……

開始對決還不到一個小時，竟然已經被拉開這麼大的差距。

而且，也不知道有沒有看錯，客人似乎比我離開的時候少了些……

「人氣當然也是不如對方，但似乎味道的差距也反映出來了……兩家店都買來吃過的學生都說『炸肉串比較好吃』……」

就是說啊……人氣原本就不如對方，在口碑上也出現了差距。

也就是說，隨著時間經過，差距會愈來愈大。

「所以花灑！為了讓山茶花烤出好吃的烤雞串，你要從後面給她一個熱情的擁抱——」

咦？妳說什麼？運動會的加油聲太大，我什麼都聽不見耶。

不過，狀況我已經搞懂了。既然這樣，就得在被拉開更大差距前想辦法讓小柊……

「還……還是……我……我來……咿！好可怕喔～～……嗚嗚……嗚嗚～～……」

不行啊……她本人似乎想努力，但就是提不起那只差最後一步的勇氣。

她流著眼淚想站起卻又立刻縮回去，一直反覆這樣的動作。

看這情形，如果硬逼她站起來，只會重蹈彩排那天的覆轍……

「久等啦，Pansy。」

「好的，歡迎回來，花灑同學。」

我們這邊好歹也有幾個客人在排隊，所以我從攤位後面進去和 Pansy 會合。

「狀況仍然不樂觀呢。」

「是啊，我剛剛聽艾莉絲說了。」

依稀聽得見有客人在說「剛才吃的炸肉串比較好吃」、「對面的炸肉串比較好吃」。

果然不由小柊來烤，跟小椿就沒得比啊。

接下來三十分鐘，我們沒有人去參加運動會項目，所以是所有人一起營運攤位，閒下來的時間漸漸多得明顯。

「那邊那位同學！來我們攤位買個烤雞串吧！」

「不，我剛剛才吃了炸肉串，而且聽說這邊的烤雞串就還好而已……」

「……啊。知道了……好吧……」

起初對男學生的招攬成功率高達百分之百的女僕Cherry，現在也淪落到這樣的慘狀。

真沒想到味道與人氣會在攬客這回事上體現得這麼顯著……

一共只有兩個攤位，會被拿來比較大概也是當然的吧……

我們也是在努力做出好吃的烤雞串，真希望大家不要拿來跟炸肉串比，而是當成烤雞串來給出評價……這樣想大概不行吧。

只比平凡好，是得不到肯定的。

若不是比傑出的人事物更傑出，就得不到肯定。

搞不好這就是小柊一直嚐到的滋味……

然後……十分鐘後的上午十一點三十分。

來光顧「元氣烤雞串店」的客人終於降到零了……

「不妙啊，花灑！『陽光炸肉串店』的銷售量是五百一十五串，但『元氣烤雞串店』只有一百零五串。差距被拉得比剛才更開了！」

艾莉絲還回報了銷售量。

這差距已經大到即使接下來全力運作都未必追得過……

「對、對……不……起……啦……嗚嗚……嗚嗚……」

小柊流著眼淚對我們道歉。

但沒有人責怪她。

「不用擔心，還早吧！」

「就……就是啊！如果我能烤得更好就好了，不是只有小柊不好！」

「我才要說對不起，是我能力不足……」

「不是！是我不好～～……都怪我……我，果然……」

大家拚命幫小柊打圓場，但沒有效果。

小柊的眼淚沒有停歇，流個不停。

「哦～～妳明明知道什麼地方不好，卻還只是在哭啊？」

這時一道顯得傻眼的冷淡說話聲傳到我們所在的攤位。

是在體育服上圍著圍裙的「陽光炸肉串店」店長——小椿。

「小……小椿！……啊！嗚！嗚～～！」

比任何人先有反應的當然是小柊。

大概是覺得哭的時候被看見很難為情，她拚命用手臂擦拭自己的眼睛。

「妳……妳來做什麼！」

小柊似乎沒有力氣用囂張的口氣說話，直接用本來的口氣逼問小椿。即使如此，她仍然像這樣可以好好說話，所以能看出對她而言，小椿是多麼重要的人物。

「花灑跟我說『如果有興趣也來看看』，而我有了興趣，所以就來看看情形。妳備了很多料啊。」

的確，我是想到她來也許可以讓小柊打起精神……但這樣真的是對的嗎？小椿的眼神相當銳利，很嚇人啊……

「妳走開！我沒有任何話要跟妳說！」

「我倒是有呢。」

小椿說話的同時朝小柊走近幾步。

「我說小柊……妳應該很清楚吧？」

「清……清楚……什麼……？」

「這次就是最後。我不會再陪妳打聖戰了呢。」

「那……那又怎麼樣！」

小柊嘴上這麼說，但她應該很清楚小椿這句話的含意。

小柊就是為了讓小椿答應「恢復跟我的朋友關係」這個請求，才會過去不管輸多少次都一直向小椿挑戰。然而，她已經不能再挑戰了。

因為小椿說這會是不折不扣的最後一次機會。

「……如果妳不清楚，我就告訴妳呢。」

「咿！」

小椿宛如宣判死刑的冷淡聲調讓小柊嚇得發抖。就連不是小椿說話對象的我都忍不住戰慄；被小椿針對的小柊多半承受了非同小可的恐懼。

然而，小椿的字典裡還是沒有手下留情這句話。

她將刀一般尖銳又冰冷的視線投向小柊。

「認真放馬過來。就算贏了現在的妳，也不構成我的勝利。」

她強而有力地說出這句話。

「……咦？這……這話怎麼說……？」

看小柊瞪大眼睛問出這句話，小椿露出有著幾分達觀的笑容。

「小柊……我討厭妳呢。每次都只會依賴別人，自己什麼都不試著去做。一遇到困難就立刻找人哭訴，要別人幫妳。我最討厭我這個沒出息的對手小柊了呢。」

這番不加掩飾的話讓小柊略顯窘迫。

然而，她恐怕只有面對小椿時不想逃避，只見她拚命踏穩了地面忍著。

「我、我也是，每次都好嚴格的小椿……我、我最討厭了！……其實不是這樣的……」

哎，我想這女的也沒精明到會說謊。

「我最喜歡小椿了！就算妳說討厭我，我也不管！小椿不管什麼時候都很厲害，什麼事情都難不倒小椿，小椿跟大家都很要好……所……所以——」

「我說小柊啊……」

小椿打斷了小柊說話。

不是先前那種嚴厲的聲調，而是令人聽起來格外舒暢的溫和語調。

「我有兩件事要抱怨呢。」

「兩……兩件事……什麼事？」

小柊大概是害怕小椿說要「抱怨」的說法，全身發抖。

「首先第一件事……前陣子來我店裡的客人跟我說：『比起這家店的炸肉串，新開的那間店的烤雞串更好吃。』我聽了好懊惱呢……我輸給了妳。」

「咦？我的烤雞串，勝過小椿的炸肉串？我……贏了小椿？」

「嗯。雖然這和聖戰的勝敗無關。」

「我……贏了小椿……」

小柊似乎無法相信小椿的話，睜圓了眼睛。

然而，小椿說的恐怕是事實吧。

坦白說，小椿的炸肉串和小柊的烤雞串味道幾乎不相上下。再來就是吃的人口味偏好的問題了。

所以，比起小椿的炸肉串，有人會選小柊的烤雞串也一點都不奇怪。

「還有，另一件事……」

小椿說著，露出有點落寞的笑容。

「『厲害』被當成理所當然，很累人呢。畢竟只是『平凡』就會讓人失望耶。所以，我才會逞強，弄得什麼都得做得『很厲害』才行。」

「這……這話怎麼說？」

「妳不懂？」

小椿有了一瞬間的遲疑。

那多半是一直當幹練的人當到現在的小椿才會有的遲疑。

「我當時也『不想舉手』。」

除了知道她們兩人過去的人以外，大概誰也聽不懂這句話吧。

「！小……小椿……不想舉手？」

「嗯。可是那個時候，我看到某個人都快哭出來了卻還是想到大家都很為難，所以忍住害怕，想舉起手……讓我覺得好懊惱，不想認輸……我才會舉手的呢。」

小椿不想輸的對象是誰已經不用多說。

畢竟小椿從一開始就說出來了，說出自己的對手是誰。

「小……小椿，那個……！」

「說起來，我們還沒進行開始聖戰的儀式呢。」

小椿打斷小柊的話，將自己的右手迅速舉到胸前。

然後——

「這次……就親這個呢。」

她親吻了自己的手背。

「我要在這場聖戰中賭上自己的存在意義。小柊……妳從很久很久以前就跟我一起，是我的對手。只有妳，我萬萬不想輸。我會全力以赴解決妳。」

小椿沒說謊，她是認真的。她的表情就和比賽前的小桑一模一樣。

他熱愛棒球，所以更要全力享受打棒球的樂趣，同時也澈底追求勝利，這種時候他就會有這樣的表情。而小椿現在有著一模一樣的表情。

「所以，我再說一次喔。」

小椿這麼說，看著小柊的眼神不是先前那種冰冷的眼神，而是火焰般熊熊燃燒的眼神。

「拿出真本事放馬過來吧。就算贏了現在的妳，我也不是真的贏了……我想贏的是贏過我的妳。」

「贏過小椿……的我……」

「那我差不多要回去了呢。就快要中午，客人也會比現在多。」

小椿丟下一臉茫然的小柊，轉身就要離開。

然而……

「我說小椿，可以請妳等一下嗎？」

Pansy 叫住了她。

「什麼事呢……Pansy？」

「第一學期，妳對我、Cosmos 學姊還有葵花拿花灑同學打賭，這件事妳還記得嗎？」

「嗯，我記得很清楚呢。」

啊啊，那件事啊……記得當時這幾個傢伙全都戴上兔耳朵，搞得我有點精神創傷的那場打賭……不過那件事怎麼了嗎？

「當時弄成了平手……但這次，我要贏。」

「很遺憾，我想這有困難呢。因為贏的人會是我呀。」

Pansy 正視小椿，對她宣戰。

這大概讓小椿很開心吧，只見她露出比平常更顯得心情大好的笑容。

「我姑且給妳個忠告。妳的對手，不是只有小柊。因為我從很久很久以前就想報答妳了……報答妳減少我跟我的寶貝花灑同學相處的時間。」

「這就是妳拒絕我的邀約，加入這一隊的真正理由嗎？」

「是啊，妳總算發現啦？」

所以 Pansy 這次才會那麼乾脆地站在我們這一邊嗎？

原來想贏小椿的傢伙不是只有小柊一個啊……

「……總算慢慢變得比較有意思了呢。」

小椿說完，這次離開了我們的攤位。

「花灑同學，謝謝你為了小柊，特地把小椿叫來。」

「要道謝等贏了再說吧。我們的工作還沒做完呢。」

「也對。接下來，就讓大家見識見識我們的力量吧。」

沒錯。小椿激勵了小柊，但終究只是激勵了她。

我們的狀況並未得到任何改善。

運動會歡聲雷動，熱鬧無比，我們的攤位卻正好相反，門可羅雀。

還沒有任何一個客人來到「元氣烤雞串店」。

可是啊……也有些事情就是處在這種狀況下才能做。

「我說啊，小柊。」

「……什麼事，花灑？」

大概是小椿的話太震撼，讓小柊還有點心不在焉。我一和她說話，她便全身一震，但還是有了回應。

「其實我啊……以前很討厭 Pansy。」

「咦！是……是這樣嗎？」

「哎呀，你說話好過分。」

小柊大吃一驚，但 Pansy 和她相反，帶著老神在在的笑容這麼說。

「是啊，這女的很陰沉，又成天只說些煩人的話說個沒完沒了，我討厭她討厭得不得了，甚至連她的臉都不想看……不對，不只是 Pansy，山茶花、小風，還有 Cherry 學姊…………起初我都很討厭。」

「咦？咦咦咦咦咦！」

小柊似乎無法相信我的話，震驚地看著其他人的臉。

也是啦，如果只知道我們現在的關係，也許是會這樣。

「山茶花聽信謠言跑來指責我，小風去年阻擋了我好朋友的夢想，Cherry 學姊只顧自己，跑來叫我幫忙 Pansy 交男友……以前我真的有夠討厭他們。」

「唔！不……不好意思啦！」

「考慮到你的立場……你的心情我也不是不懂。」

「嘻嘻嘻！我一開始也有夠討厭花灑仔啊～～」

對於我這番話，山茶花、小風與 Cherry 各自有了不同的反應。

真的，要把這件事說給小柊聽懂，現在這幾個人再適合不過。

「可是啊，現在的我……」

坦白說，我接下來要說的話會相當令人難為情。如果可以，我不想說。

即使如此，還是要說給小柊聽……因為不就是這樣嗎？

哪怕多麼難為情……哪怕多麼不想說……

「我還是……最喜歡在這裡的每個人了。」

決定要做就要做到底。這就是我的座右銘。

「呵呵呵，我當然也最喜歡花灑同學了。」

「呀！啊，那個！我……我也……最……最喜歡，花灑……了……」

「呵……我也最喜歡你啦，花灑。」

「我也是我也是！不過我當然是跟小風同一種的『最喜歡』啦！嘻嘻嘻嘻！」

唉，我就想說會這樣，結果 Pansy 和 Cherry 果然開始得寸進尺了。

尤其 Cherry 更是過分，還帶著特別慧黠的表情看著我。

當然了，我不是沒頭沒腦提這個。

就只是想到如果要把這件事說給小柊聽懂，就應該趁現在，所以才告訴她。

讓一直被別人拿來和小椿比較而失望，一直被討厭的小柊聽懂……

「妳懂嗎，小柊？『討厭』不是終點。」

「不是終點？」

「對。從『討厭』變成『最喜歡』也是常有的事。當然我不會說每次都一定能順利。」

坦白說，我是失敗居多……而且，相反的情形也是有的。

也有人讓我一開始覺得那麼合得來，處得那麼好，卻因為一些情形，現在一直都很討厭。

我和那傢伙的關係……總覺得暫時是沒辦法和好。

「不管多麼拚命去做，無法讓對方接受的時候就是沒辦法。而且，有時候還會被拒絕，被否定。可是啊……如果害怕就什麼都不做，那就什麼也得不到。所以……就算怕，還是要去做。」

「花灑也會怕？會被討厭？」

「當然。不只是我……小椿也會怕。」

「才不會！小椿很厲害！她與眾不同，和我完全不一樣——」

「都一樣的。」

我打斷小柊的話，毫不猶豫地這麼說了。

「我們沒什麼與眾不同……只是希望被人覺得與眾不同，所以試著讓自己與眾不同。」

「可……可是……」

妳還不懂嗎？那就沒辦法了。小椿一直對小柊說的那句話，就由我再好好說一次吧。

「想也知道一樣吧？小椿不就說過嗎？『小柊是我絕對不想輸的對手。』」

「……啊！」

沒錯。對手這個字眼絕對不會用在自己看低的人身上。

而是用在實力與自己相比有過之而無不及，絕對不想輸的對象身上。

這也是那傢伙教會我的……我很清楚的一件事……

「那麼，小椿也和我一樣……」

「對。如果妳覺得小椿與眾不同，那小椿也覺得妳與眾不同。所以啊……要不要讓她見識見識妳的實力？」

「那個……呃……」

小柊似乎還做不出覺悟，顯得有些不知所措。

然而很遺憾，我已經沒有別的話可以說了。

所以，接下來…………就輪到我最喜歡的這群靠得住的伙伴出場了。

「我也贊成！小柊，接下來由妳來烤啦！我最喜歡妳的烤雞串，想讓很多人都吃到！」

比任何人都快採取行動的是山茶花。

她對小柊露出滿面笑容，自信滿滿地朝她握緊拳頭。

「元木……去打個全壘打吧。不要怕出局，妳身後有我們。我們要靠團隊合作去拿下勝利。」

小風還是一如往常的撲克臉，但仔細一看，他的嘴角微微上揚。

他本人大概已經盡力在笑了。

「嘻嘻嘻！不用擔心啦，小柊仔！花灑仔這個人啊，就算妳給他添了天大的麻煩，他也會想辦法搞定的！不要客氣，和我一起拚命給他添麻煩吧！」

Cherry 面帶笑容，站到小柊身旁。

她輕輕握住小柊的手是很好……但以給我添麻煩為前提就讓我有點傷腦筋。

接著，最後是 Pansy 站起來，走到小柊身前。

「小柊……我們需要妳的力量。希望妳把妳那能夠贏過小椿的力量借給我們。」

她直視小柊，說出這麼一句話。

「Pansy……」

「什麼事呢，小柊？」

她大概還沒辦法完全相信自己吧。

抓住 Pansy 體育服的微弱力道似乎直接體現出了小柊的缺乏自信。

「呃……我可能又會怕得跑掉……」

「也對。運動會也許會有比彩排的時候更多的人來。」

Pansy 明白說出事實，小柊就全身一顫。

「可是……可是……」

她慢慢把手從 Pansy 的衣服上放開，舉到自己胸前。

「嗚嗚……嗚嗯～～～！」

然後用力往自己的手背一吻。

這意味著什麼已經不需要多說。

「接下來才是……才是我……吾和小椿的，最後一場聖戰……的開始……！」

小柊勉強將軟弱的口氣換成鬧彆扭的語氣。

「花灑、Pansy、山茶花、小風、Cherry！對不起，吾給你們添了好多好多麻煩！接下來，烤雞串全都由吾……由贏得了小椿的吾來烤！吾絕對要再贏小椿一次！」

她將手直直舉向天空，這麼呼喊。

我的努力，全都是白忙一場

第六章

正午，運動會的前半場結束，到了中午休息時間。

領先的仍然是紅組，領先白組的差距已經拉得相當大。

這和我們現在的狀況十分相似。

「Cherry！那個人！麻煩去招呼那個人！」

「ＯＫ！包在我身上吧！啊，不好意思～～！我們在賣烤雞串，要不要買一份呢？」

「咦？烤雞串？這個嘛……看來也挺受歡迎……好，給我一份！」

「謝謝惠顧！」

Cherry照小柊的吩咐，對路過的家長招呼，引導他們來攤位。

「山茶花！客人愈來愈多了，請讓他們不要排一列，順著導引線排成兩列！不然會影響到別人！」

「嗯！……不好意思！可以請各位排成兩排，順著導引線膠帶排隊嗎？」

山茶花照小柊的吩咐，將來攤位排隊的人們從一排調整為兩排。

「小風，烤好了！麻煩趕快裝盒！」

「包在我身上……不過，妳的速度真是驚人啊。我只勉強跟得上……」

「可以不要一次只裝一盒，先把五個盒子排好再一起裝！這樣會比一盒一盒裝省事！」

「……原來如此。我懂了。」

小風照小柊的吩咐，俐落地把烤雞串裝盒。

真沒想到當小柊拿出真本事，除了烤雞串以外，還有這樣的能耐……

過去小柊澈底怕生與依賴他人……這兩件事現在漂亮地發揮了功效。

小柊因為怕生，會仔細觀察別人……也就是說，她能夠看出比較有可能願意買烤雞串的人。而且，正因為有著先前依賴別人的毛病……正因為她之前總是什麼事情都想交給別人去做，也才格外擅長指揮別人。

該怎麼說呢，我有點想起了今年地區大賽決賽時的情形。

那一天……小柊兜售的時候就說「大家都說我很會指揮」，原來那是真的啊。

——我們看上去順利多了……但實際上，現況仍然十分不樂觀。

並不是說突然換個人烤，客人就會急速增加。

對活絡起來的我們產生興趣的人的確增加了，但也就只增加了少少幾個。

來光顧「元氣烤雞串店」的人還是很少……

現階段，對方的銷售量是七百四十五串，相對地，我們是一百七十串。

這種狀態已經讓人不知道要怎麼去贏了。

「Pansy，怎麼辦？雖然小柊復活了，但銷售量的差距太大了。」

我覺得她會想辦法解決，但完全無法想像她要用什麼方法。

「而且，雖然味道已經不相上下，但比起對方有棒球隊隊員還有 Cosmos 會長他們，我們這邊……」

「是啊，花灑同學說得沒錯，就形象這一點而言，我們的攤位是壓倒性地不利。既然運動會的參加者與來賓都是和學校有關的人，當然也就會對在校內很有名的棒球隊隊員還有 Cosmos 學姊他們所擺的攤子產生興趣。而且現階段的銷售量如實體現出這個差距，也構成了讓我們大大不如的原因。」

聽她不帶情緒，只淡淡陳述事實，就不由得都要沮喪起來……但 Pansy 說話的聲調偏偏就是那麼有自信啊。

「不用擔心。這兩個問題，馬上就可以解決。」

「妳打算怎麼解決啊？」

「和花灑同學找成員時採取的手段還挺像的。」

我找成員的手段？這是指我找來小風和 Cherry 這件事嗎？

她到底是打算怎麼——

「喔～～！在這裡啊！哎呀～～讓你們久等啦！三色院小妹妹！」

這時傳來一道略顯粗豪的說話聲。接著出現的是……

「我照上次的約定，帶朋友來買烤雞串啦！」

是那天彩排時，找小柊說話的那群大叔。

對了，記得這個人說他兒子和大客戶的千金都就讀西木蔦高中——

「啊！呃，為什麼……」

「那一天，我拜託他們要再來。」

Pansy 朝我小小送了個秋波，對我微笑。

……是這麼回事啊。跟學校有關的人當中對我們的攤位有興趣的人很少。

這是無論如何掙扎都改變不了的事實。

所以，Pansy 改變了目標……改找與學校無關的人。

「這樣的方法，可以嗎？」

「可以的。沒有哪一條規則規定只能在當天宣傳吧？」

也就是說，那次彩排不只是練習，還兼宣傳了是吧？

她多半是趁我去找小柊的時候談妥的。

「客人不需要是西木蔦高中的相關人士，只要是知道我們今天會在這裡擺攤的人，誰都可以。」

「……錯不了。」

本來光是擺兩個攤位就會發生爭奪顧客的情形。

但如果只爭取校內的人，我們就贏不了。

既然這樣，該怎麼辦呢？……只要增加客人就好了。

——說起來是很像一回事啦，但狀況還是很不樂觀吧？

畢竟來的就只有那天找小柊說話的八個大叔。

令人感謝是沒錯，但只憑這樣的人數，要對抗小椿的攤位還是……

「那麼，包括之前給你們添了麻煩的份，『還有練習的份』，我們都買下來吧！……一共四百串！錢我們也都準備得剛剛好了！」

「四！四百……！」

這……這是怎麼回事？呃，四百串，不是八個人吃得完的量吧！

啊啊……數字實在太破天荒，讓我腦袋都開始「發呆」……

「喔～～呵呵呵！叫我嗎？如月同學！」

「什麼？……什麼～～～～～！」

突然從正前方傳來一個千金小姐語氣的說話聲。由於名字被叫到，我轉回正前方一看，站在那兒的是一名女子。一頭讓人想起某某夫人的電棒捲髮型、有夠長的睫毛，還有閃亮得讓人想問有幾克拉的眼睛。

這……這個人是……

「…………發……發呆子學姊！」

是西木蔦高中三年級，啦啦隊隊長……名字太有個性的大千本槍子學姊。

順便說一下，姓是「大千」，名字是「本槍子」，請大家不要弄錯。

今天她果然也穿著啦啦隊服。畢竟是運動會嘛，當然有好好在幫大家加油吧。

而且她身後還有不少啦啦隊的女生耶……她來做什麼的啊？

「Non non non！如月同學，你這叫法不對吧！請你滿懷敬愛地叫我『大千本槍（Gerbera）』！喔呵呵呵呵！」（註：日文「大千本槍」即為大丁草）

喔呵呵呵呵！我絕對不用綽號叫妳……

「呃……發呆子學姊為什麼會來這裡？」

「那還用說！在我們家擔任園藝師的人說會為我們啦啦隊準備點心，我們就來拿了！」

什麼？園藝師？點心？這該不會是……

「大小姐，您竟然親自跑一趟！實在令人惶恐至極！」

你的大客戶，原來是發呆子喔～～～～！

「聽到大客戶和千金小姐這兩個字眼，我就靈光一閃，所以在彩排之後拜託他們可不可以買我們攤位的烤雞串去給啦啦隊當點心。」

「喔，喔喔……這樣啊……」

正常人哪閃得出來啦。

不過也多虧這麼一下，我們一口氣賣出了大量的烤雞串，所以是很好啦……嗯，好是很好啦。

「喔呵呵呵！綾小路先生推薦的烤雞串！我非常期待呢！」

喂，等一下，妳剛剛說什麼？

園藝師大叔的姓氏，我可相當耳熟啊……

「呼，呼……大小姐！妳太快了啦！綾小路颯斗跟不上啊！」

果然是你爸啊～～～綾小路颯斗！

衝擊的事實不要一波接著一波揭曉啊！

「花灑！麻煩先來幫忙裝袋！」

「呃，我還有很多話想說……」

「花灑同學，這種時候你就忍一忍。」

說得也是啦！畢竟準備商品總是比針對發呆子和綾小路颯斗發表意見來得優先嘛！

「Pansy，這樣會有點辛苦，不過結帳要暫時拜託汝一個人負責！」

「好的，包在我身上。」

「山茶花！只有花灑和小風，人手不夠！請汝先來幫忙裝袋！」

「……嗯、嗯！」

「小風！你把烤雞串裝盒了就傳過來！裝袋由我這邊來做！」

「嗯，交給我。」

我急忙站起，和山茶花一起站到攤位後側的桌子前。

我們拿出整疊袋子，從正前方的小風手上接過盒裝烤雞串，逐一裝進袋子裡。

Pansy從一開始就是這麼打算的嗎……所以無論生意多差，都一直叫小風和山茶花繼續烤……呃，這種事情晚點再想！

現在總之動作要快……快快快！

「喔！妳就是上次那位！不好意思啊，我們這麼多人突然找妳說話！」

「…………！」

大概是等我和山茶花裝袋的時候閒著沒事做吧。

綾小路父發現小柊，用帶著點過意不去的笑容對她說話。

而且跟他一起的這幾個大叔也都走向小柊。

呃，這樣實在不太妙吧？因為小柊她……

「歡……歡……歡迎光臨……！」

她忍下來了！不對，豈止忍下來，甚至還回話了嘛！

雖然嚇得雙腿發抖，從旁看去表情也很糟，但她已經盡力朝大叔們擠出笑容，說出了「歡迎光臨」。

「喔喔！妳喊得很有活力啊！」

相信大叔們也很開心吧。他們帶著滿面笑容，視線更加集中在小柊身上。

但小柊仍然守在崗位上。她拚命忍耐，踏穩了地面。

「……好！麻煩再追加五十串！這是要給商店街的大家吃的！」

喂喂，看這樣子，會不會真的贏得了啊？

真沒想到小柊的努力會以這樣的方式開花結果……

「謝……謝謝，惠顧……！」

「元木，喊得很好……歡迎光臨。」

站在身旁的小風剽悍地笑了笑之後，也接在小柊後面對大叔們打招呼。

「吾……屋該表現的俗候還素廢表現低！小柊 Unlimited ！」

「嗯，我知道。」

雖然吃螺絲吃得有夠凶，不過還是幹得好啊，小柊。妳的確超越了自己的極限。

「久等了！真的非常謝謝各位，買了這麼多……」

「別在意別在意！而且這本來就不是我們幾個，是大家要吃的份！之前我不也說過嗎？遇到困難的時候就是要互相幫助！這是商店街的鐵則！我還跟很多人說過了，相信他們晚點一定會來！你們等著吧！」

「嗯～～！Deliciou～～s！我被這香氣給吸引，忍不住就先開來吃了呢！我真是沒規矩呀！喔呵呵呵呵！」

「大小姐這麼貪吃，綾小路颯斗好傷腦筋啊～～」

「既然如此美味，就非得推薦給朋友們了呢！綾小路颯斗先生要不要也來一份？」

「既然是大小姐的命令，綾小路颯斗當然接受！」

「真的嗎！謝謝惠顧！……還有綾小路颯斗，也謝謝你！」

「包在綾小路颯斗身上！綾小路颯斗和花灑是朋友！所以，綾小路颯斗會盡力去做綾小路颯斗做得到的事！綾小路颯斗和花灑，要互相幫助！」

綾小路颯斗，你還是那麼愛報上自己的全名啊。

順便說一下，今年地區大賽的決賽時，你說了跟剛剛一模一樣的台詞後，就狠狠地背叛了我……不知道這次可不可以相信……

不管怎麼說……大叔們、發呆子學姊還有綾小路颯斗他們都面帶笑容，提著袋子離開了。山茶花和小風當作練習烤出來的部分是交到綾小路颯斗他們手上，但這是當然的吧，畢竟發呆子學姊是大客戶家的千金小姐。

而一口氣賣出四百五十串，多半也促使我們表現更好。

與先前相比，對我們有興趣的人開始慢慢變多了……

「Pansy，謝謝汝！找來了那麼多……」

「小柊，這妳就錯了。」

「咦？」

「他們是因為妳的烤雞串好吃才會來的，憑我就辦不到。所以，這是妳的實力。」

她說得沒錯。那天的彩排……雖然最後是以 Pansy 道歉的形式結束，但會有客訴的根本原因就在於吃不到小柊的烤雞串。

也就是說，這傢伙的烤雞串受歡迎到會發生這樣的客訴。

「！～～！……我……我好高興喔～～……」

小柊一副隨時都會流眼淚的模樣，但拚命忍住。

太好啦，小柊，妳自己的努力終於開花結果——

「欸……花灑。」

這時，山茶花臉色微微泛紅，朝我竊竊私語。

「怎麼啦，山茶花？」

她似乎在緊張，額頭流下汗水，顯得格外嫵媚。

「你覺得 Cherry 學姊漂亮嗎？」

怎麼突然問這個？我是覺得漂亮沒錯啦……

「是挺漂亮啦，而且穿女僕裝也很好看……」

「是嗎？我知道了。」

呃～～是怎麼啦？山茶花到底想問我什麼？

我是很想問，但攤子愈來愈忙，很遺憾地，已經沒有時間進行這樣的對話了。

＊

——下午一點四十五分。

「……好的，找您七〇〇圓。」

「這是您的商品！謝謝惠顧！」

結帳區這邊，Pansy 負責找錢，我負責交付商品。

由Pansy 提議的準備三個零錢盒，事先針對顧客最常拿出的「五〇〇圓」、「一〇〇〇圓」、「其他」等金額所需找的零錢，這個戰法到了這個時候大大發揮了功效。

多虧了這一招，讓我們得以相當迅速地應對客人。

「好厲害！好厲害啊！現階段，『陽光炸肉串店』是九百五十串！『元氣烤雞串店』拉近了差距，是八百三十串！只差一點就要追上了！」

能一口氣把差距拉近到這樣，當然是Pansy 幹的好事。

畢竟特地趕來支持的大叔們並不是只找了商店街的人來光顧。

除此之外，連從以前就對「元氣烤雞串店」有興趣的人都來了。

看到一間烤雞串店剛開幕，大受歡迎，有興趣但因為太多人，不想去排隊。

Pansy 就針對這樣的族群，拿了寫著「在西木蔦高中運動會的攤位也有在賣」的傳單給他們。當然，並不是拿了傳單的所有人都會來，但效果仍然很大。

也就是有很多人是打算買回去跟家人一起吃而來。

因此，到這一步都相當順利……然而……

「Cherry 學姊，我和 Pansy 差不多要……」
「啊，對喔！已經到了這個時間啦！實在太忙，我都沒發現吧！」
沒錯，接下來才是問題所在。
下午兩點……我和 Pansy 為了參加借物賽跑，兩人將同時離開攤位。
「元氣烤雞串店」比起門可羅雀的上午，可說是脫胎換骨，現在門庭若市。
坦白說，已經發展成只靠四個人營運會相當艱辛的狀況。
雖然覺得不至於無法營運，但如果客人流動率下降，和小椿他們的差距就會……
「花灑仔、堇子仔！加油喔！這邊就交給我們吧！」
「可以嗎？這麼忙，要只靠四個人營運攤位……」
「嘻嘻嘻！其實不是四個人啊～～！」
啥？Cherry 妳笑著胡說什麼？
我和 Pansy 現在就要離開，所以……
「Cherry 學姊，久等了。」
嗯？怎麼聽見一道平靜但又很響亮的說話聲，剛剛那是……
「月……月見！妳怎麼會在這裡？」
「來幫忙。」
這時出現的是我以前想邀來一起擺攤但失敗的美少女。

她個子嬌小，卻有著雄偉的胸部，是唐菖蒲高中二年級——月見，也就是草見月。

然後還有一個人。月見身旁，朝我舉起智慧型手機的是……

『我也來幫忙。我會加油。』

一個幾乎不用自己的聲音說話，用手機來交談的少女……莉莉絲，也就是蘭頂朱。

「妳們兩個都來幫忙嗎？」

「就是這麼回事～～！我有好好拜託她們吧！對吧，月見仔、莉莉絲仔！」

原來妳為我們做了這麼多！

還好找了 Cherry 入夥！這個人真的是……

「嗯，被拜託了………是小風拜託的。」

是個很擅長撈走別人功勞的人。

「妳們來可幫了大忙啊，月見。那麼，可以麻煩妳結帳嗎？」

「包在我身上。」

月見踩著小小的腳步來到結帳台前待命。

嗯！小風會說交給她，想必沒有問題吧！

「等等！月見仔！最先拜託妳的明明是我吧！」

「Cherry 學姊一直纏著我拜託，我嫌麻煩跑掉，她追上來卻跌倒，弄得圖書室的書滿地都是。整理很辛苦。」

不愧是笨手笨腳女。原來她就只是無謂地增加災害嗎……

「嗚！對不起啦……可是，我也幫忙了……」

「書全都放錯地方。要做的事變多了。」

『也當作是對月見致歉，所以我也來幫忙。』

啊，所以莉莉絲才會一起來啊？

既然這樣，好歹還算是 Cherry 的功勞吧……算嗎？

眼前就先決定晚點要好好跟小風道謝。

「這裡由我來。還有……堇子。」

「什麼事呢，草見同學？」

「之前……對不起喔。」

月見一鞠躬對 Pansy 道歉。以前她也曾拜託我對 Pansy 道歉，但大概還是希望自己也能親口對 Pansy 道歉吧。

「我已經沒放在心上，所以不用在意。倒是妳願意來，幫了我們很大的忙。謝謝妳。這裡就拜託妳了。」

「嗯，我比 Cherry 學姊行。可以放心。」

「我明明也行的吧！」

和一個人來往久了，自然會了解對方各種不同的面向，但抱歉到這種程度的人也很稀奇吧。加油啊，Cherry。

*

「選手就位～～……預備～～…………」

【砰！】

起跑槍那略顯粗暴的槍聲響起的同時，我跑了起來。

項目是借物賽跑。這種比賽就是要先跑到放在桌上的箱子前，從裡面抽出一張籤，去借來上面所寫的東西，還得一路跑到終點。

好！跑到桌子前面……怪……怪了？

「嗨，花灑同學！」

「Cosmos 會長，妳為什麼在這裡？」

怎麼 Cosmos 帶著滿面笑容，站在桌子對面。她在做什麼啊？

「進行借物賽跑時，為了檢查抽籤內容，規定要有學生站在籤箱前面！」

原來如此啊。所以學生會才會來幫忙是吧？明明還有攤子要顧，可真辛苦。

算了，沒關係。那麼，就趕快抽籤——

『可靠的學生會長。』

「…………」

話說跑出這麼一張破天荒的籤紙，此事應當如何是好？

「那麼，請讓在下查看如月兄台抽到了什麼樣的籤！」

喂，妳沒事給我變成武士幹嘛？緊張而演起戲來的情形有夠明顯的。

就是妳吧？就是妳把這張紙塞進去的吧？

「我要重抽。」

「是……是嗎……」

妳垂頭喪氣我也不管。就叫妳濫用職權也要有個限度了。

那麼，我再抽一次──

『公主抱可靠的學生會長。』

不要還給我加強！

為什麼重抽之後還多了無謂的附加物？

「好……好了！那麼，請讓在下檢查如月兄台抽到了什麼樣的籤！哎呀呀！這可真巧！

所謂可靠的學生會長，正是在下──」

「我去找 Cherry 學姊。」

「啊！怎……怎麼這樣！太……太過分了啦，花灑同學！」

少囉唆。妳幹嘛用不得了的握力抓住別人的體育服。放手，會拉壞的。

「我也想擁有和花灑同學一起參加運動會的回憶！只……只要一下子就好，我想盡量……和你……一起……！這是最後一次，運動會……」

唔！她無自覺地說出了讓我不好拒絕的話……

的確是啊，對 Cosmos 這個三年級生來說，這就是最後一次運動會。

希望盡可能多留一點回憶，這樣的心情，坦白說我真有點能夠體會。

而且，要是找 Cherry 來，本來就已經夠忙的攤子就會……好啦，知道了啦。

「……Cosmos 會長，可以請妳跟我一起跑嗎？」

「哇！哇啊啊啊！嗯！我跑！花灑同學，我們一起跑！」

我不經意地把抽到的籤換回第一張，即使這樣，相信 Cosmos 也心滿意足了吧。

她牽起我的手，兩個人一起跑了起來。

「呼……呼……呵呵呵，好開心喔，花灑同學！」

「……呼，呼……我不太……有餘力說話……就是了。」

Cosmos 的頭髮因奔跑而揚起。這讓我頻頻瞥見她那平常看不見的後頸，忍不住眼睛就往那裡看去，要忍下來可真辛苦。

……順便說一下，我參加借物賽跑的成績是最後一名。

都是因為 Cosmos 做奇怪的事情啦……

「……咦？Pansy 跑哪兒去了？」

借物賽跑結束後，本來應該先會合再回攤位，但哪兒都找不到她耶。

到底跑哪兒……啊，找到了，她在跟一個女生說話。

「……是嗎？妳在找人啊？」

「是！啊，呃……我是在找棒球隊的人，是西木蔦高中的王牌……大賀太……太太……太……太陽同學……」

站在 Pansy 對面的少女似乎在緊張，顯得有些浮躁。

留到胸前的直髮；雪白的肌膚；有點圓而正經的眼眸。年紀似乎和我們差不了多少，但既然穿著便服，多半就不是我們學校的學生。

「……妳是要找小桑……吧……」

Pansy 怎麼挺沒精神的。

看上去就像是因為對方不是找她而鬧彆扭，但從對方的態度看來，她們似乎不認識。

「如果是要找他，他在對面的攤位炸肉串。」

「是真的嗎！謝謝妳告訴我！」

少女似乎問到了要找的人在哪，眼神一亮，朝 Pansy 一鞠躬。

「……那麼，我這就過去！失陪了！」

少女似乎想立刻去找小桑，心浮氣躁地對 Pansy 道別，隨即快步走遠。Pansy 看著少女這種模樣——

「好的…………再見了。」

說得彷彿今生永別。

Pansy 是怎麼啦？一臉那麼想哭的表情……

之後，我和獨自佇立在原地的 Pansy 會合，回到攤位，其間 Pansy 一句話也沒說。

＊

「啊，歡迎回來，花灑！現在『陽光炸肉串店』是一千兩百五十串！『元氣烤雞串店』是一千一百三十串！雖然沒拉近差距，但也沒被拉開！」

艾莉絲看到我回來，對我報告兩個攤位的銷售量。

可是，這不對勁吧？為什麼沒能拉近差距？

目前無論我們還是對方，生意都很好。

這樣一來，能更快找好錢給客人的我們，客人流動率應該比較高，也就能拉近差距……

「對方似乎用 Cosmos 學姊想出的方法，準備號碼牌，然後把交付商品跟結帳完全分開！他們就是這樣提高流動率的！」

該死！原來是 Cosmos 幹的好事嗎！所以她不只是在借物賽跑時塞進那樣的籤，在攤位上

也有好好表現了！

既然這樣，我們也來模仿……呃，應該學不來吧。

現在根本沒時間準備號碼牌。

怎麼辦？得想個方法起死回生……等等，咦？

怎麼有個女的氣得臉頰鼓起，走過來我這邊……

「我來幫忙這個攤位！唔哼～～！」

蒲公英，妳怎麼啦？看妳一臉鬧彆扭的表情，是在那邊出了什麼事嗎？

「呃，蒲公英，妳不是參加小椿的攤位嗎？既然這樣——」

「沒問題！小椿娘娘也批准了，她說『沒有規則規定參加一個攤位，就不可以去幫另一個攤位，所以不要緊呢』！唔哼～～！唔哼～～！」

啊，是這樣啊？既然如此，我們這邊是很受惠啦，可是……妳為什麼會來？

「喂～～！蒲公英～～！」

「唔！這個嗓音是……！哼咻嚕嚕嚕嚕！」

蒲公英對傳來呼喊聲的稍遠處威嚇。

被威嚇的是棒球隊的新隊長，跟我同年級的穴江。

「喂喂，就說不要一臉這麼凶的表情了啦～～我什麼話都還沒說吧？」

穴江似乎很清楚該如何應付蒲公英，即使受到威嚇，仍顯得老神在在。

「先說好，我不回那個攤位了！唔哼～～！」

「這我知道啦。洋木也說這樣比較好。可是啊，蒲公英……」

結果這一瞬間，平常形象輕佻的穴江眼神突然變得銳利。

他應該不是在生氣吧，嚴格說來……是傷心。

「態度不要太過分啦，因為她什麼錯都沒有。」

她？蒲公英到底是對誰態度過分？

想來比較有可能的是她視為競爭對手的 Cosmos 和葵花這幾個人，但暑假一起玩過，她們已經變得很要好……

「這不重要！我就是討厭！為什麼大家都好像沒事一樣？」

「那還用說？因為要是拒絕她，『她』就會很受傷啊。」

「……啊！」

他說話的口氣有點奇妙啊。乍聽之下，像是在說有個人遭到拒絕而受傷，但換個角度來解釋，卻也像是有兩個「她」……

「不過，現在妳大概也還沒辦法整理好心情，沒關係啦。畢竟妳之前跟她特別要好嘛。可是啊，等妳好好整理好心情……這個嘛，就大家一起去吃義大利餐館吧！」

「……知道了。」

蒲公英似乎還有些無法認同，但一副深切反省的樣子回答穴江。

「那麼，如月！不好意思，蒲公英就麻煩你照顧了！有勞你啦～～！」

「嗯……噢！我說穴江……」

「喔，怎麼啦～？」

「該怎麼說，你……感覺像個隊長耶。」

「嘿嘿！因為我就是隊長嘛！」

穴江用食指在鼻子底下搓了搓，有些害臊似的離開了。

至於垂頭喪氣的蒲公英——

「蒲公英，妳和月見交換，去結帳區負責交付商品。」

小風立刻對她說話。

「交付商品……對吧……」

「動作快，我們這邊人手不足。」

他說話粗魯，但大概是想讓她透過活動身體來忘掉討厭的事情吧。

「……我明白了……特正學長……唔哼～～……」

「……嗯，那個……怎麼說……妳來幫了我們大忙……感謝妳。」

雖然還是一樣笨拙，但小風也漸漸在轉變啊。

…………

……

「唔哼哼！謝謝惠顧！特別附贈天使蒲公英的笑容給您！」

該說果然是個呆子，還是心情轉換得快……蒲公英的這一面真的很厲害。

沒想到她轉眼間就融入了我們的攤位，開心地做好交付商品的工作……

「小風，這樣好嗎？」

「什麼事情好不好，月見？」

「就是你讓蒲公英負責交付商品。我不介意她跟我換，和你一起裝盒……」

的確是這樣。蒲公英當棒球隊經理，對各種雜務都很習慣，也不必讓她先跟月見換，從一開始就可以請她去裝盒……

「哼……妳讓我跟她站在一起裝盒試試看。想也知道我的砰臟會心心個不停，炸得粉身碎骨。」

不要說得那麼囂張。我所知道的人類身上沒有哪種內臟叫作砰臟，也沒有哪種內臟會心心。

……對了，其實我從剛剛就對一件事有點好奇。

關於現在「元氣烤雞串店」的工作分配——

「嗚嗚～～……不……可怕，啦！」

首先，是在烤台前面一邊拚命對抗恐懼一邊烤的小柊。

她身旁有小風和月見進行裝盒等輔助工作，結帳區則因為小柊評為「看起來對瑣碎的事情很拿手！」而任命莉莉絲負責，然後蒲公英由小風任命。

Cherry 還是一樣負責招攬客人。

然後，我是兼整理排隊人潮而站在攤位前面……但山茶花和 Pansy 都不見人影。

她們兩個跑哪兒去了？

「花灑！你趕快跟我來一下！」

「哇！艾莉絲，妳是怎麼了啦？妳不是在統計攤位的銷售量……」

「不用擔心，這件事我交給其他人做了！別說這些了，快點！」

怎麼啦？看她急得非比尋常……

「好啦……不好意思，Cherry 學姊！這邊麻煩妳顧一下！」

「嗯！ＯＫ吧！」

眼前艾莉絲催我催得很急，所以我順著她的要求，跟去沒有人在的校舍後方。

結果在那兒……

「山茶花，久等啦～～！」

「啊！終……終於來啦！」

她說話口氣囂張，行動卻完全相反。

站在那兒的是只從牆壁後面探出頭，用浮躁的視線看著我的山茶花。

「那我就先離開了！之後就請兩位慢慢聊～～！」

不，我們不會慢慢聊。我們已經夠忙了。

我想盡快回到攤位工作。

山茶花應該也一樣……但她為什麼滿臉通紅地瞪著我？坦白說，有夠恐怖。

「妳是怎麼啦？我們很忙，趕快回攤位……呃，妳穿這樣是做什麼？」

才剛看到她從牆壁後面走出來，結果卻全身用布包著，完全遮住了自己的穿著打扮。

如果再加上一條頭巾，就會很像那種在沙漠行走的部族。

「你……你聽清楚喔！真……真的是破例！只有這次這樣！這……這是為了贏得比賽！完全不是為了你這種人！可是，為防萬一！為防萬一，一開始我先找你看看有沒有問題！知道了吧！」

這女的在說什麼話啊？

「我是聽不太懂……不過知道了啦。」

「呼……那麼……」

大概是聽了我的回答後鎮定了些，山茶花頂著一張耳根子都紅了的臉，深呼吸一口氣。

然後，拿下身上披的布……

「……怎……怎麼樣？」

出現在眼前的，是穿著和 Cherry 同款女僕裝的山茶花。

苗條又勻稱的身材，不算大但很有存在感的胸部形成的溝，修長美麗的雙腿線條。對我而言堪稱理想的女僕就站在我面前。

「會……會奇怪嗎？那個……因為你說 Cherry 學姊穿女僕裝的樣子很好看，而且之前你就說想看……」

「我們先結婚吧。等結了婚再慢慢談……啊！」

「這！結、結婚……！」

糟糕！我忍不住任由本能驅使說話了！

「不……不對！那個，因為山茶花是個實在太理想的女僕，我才忍不住說出來！我沒這個打算！妳……妳不要誤會！」

我說的根本是山茶花平常在說的台詞嘛！

我到底在說什麼鬼話啦！

「……哦～～這樣啊～～！呵呵呵！原來這麼好看啊～～！」

別這樣，不要用那種滿臉喜色到實在太可愛的笑容看我。

很多事情我都在忍。真的，饒了我吧。

「唔！哎，怎麼說……有夠好看的啦。」

我無法直視，不由得撇開視線，但山茶花彷彿早料到我的視線會這樣撇開，從底下湊過來看我，而且還很故意地皺起眉頭……

「主人～～你不好好看著，人家會寂寞～～！」

「唔唔！別……別這樣啦！」

「呀！那麼大聲，好可怕喔～～！」

山茶花很故意地將握拳的雙手舉到嘴邊，佯裝害怕。

我是不知道她有沒有發現，但她的雙臂同時壓迫到胸部，這讓我的心跳變得更大聲了。

「──開玩笑的啦！謝謝你誇我，花灑！」

有夠會遊走邊緣！可是，我好懊惱！我就是會心動！

「啊……嗯。不過，妳為什麼會突然穿成這樣……」

「那當然是為了 Pansy 想出來的最終作戰！」

「咦？Pansy 想出來的最終作戰？」

「是啊，花灑同學。」

背後傳來一道有些雀躍的說話聲。這個聲調給了我一種預感。

想到搞不好真的是那樣而想回頭的自己，和不想回頭的自己在互相抗衡。

然而，最終獲勝的是前者。我順從自己的心意，回頭一看──

「久等了。這就是用來贏過小椿的最後一個策略。」

「妳……妳……！這身打扮……！」

「當時不是還搞得挺轟動的嗎？所以，我又穿了一次。」

站在那兒的，是現出原本面目的 Pansy……然而她穿的不是先前的體育服。現在她穿的是禮服。

於今年第一學期——花舞展最後登場，在我們學校甚至被譽為「夢幻美女」，成了某種傳說……當時那個模樣的 Pansy 就在我眼前。

「……唔喔。」

真的……漂亮得會讓人忍不住讚嘆……

我對美術品之類的東西沒有太多興趣，但我就是本能地能夠理解到，所謂的藝術指的就是這樣的美……呃，現在不是看得著迷的時候吧！

「妳搞什麼啊！這個模樣要瞞著學校裡的大家……」

「我也想得到你的稱讚呢。」

這女的……！虧我還替她擔心，她這樣鬧彆扭是什麼意思？

而且氣呼呼的臉也很可愛，所以更棘手。

「唔唔！很……很漂亮……」

「呵呵！謝謝你，花灑同學，我非常開心。」

她只是對我微笑，我卻覺得自己好奢侈。

真的是只有 Pansy 的真面目，不管看幾次都不習慣……

「喂，不要轉移焦點！妳為什麼穿成這樣跑出來啦！」

這女的在國中時代，因為自己的外表，遇到很多麻煩。

甚至無法平靜度日，周遭的人始終把膚淺的感情投注在她身上……

「因為這次無論得做什麼，我都非贏不可嘛。我和山茶花要參加的項目全都比完了，而且現在人手足夠，至少還騰得出時間換衣服。」

我從一開始就知道 Pansy 很執著於勝利，但真沒想到執著到這個地步。

這豈不是貨真價實，使盡一切手段的全力嗎……

「那也還是一樣！要是妳的真面目被大家知道……」

「不用擔心。明明就有人會保護我吧？」

「唔！妳的信任太沉重了啦。」

「也就是說，你有意願要扛？」

……煩死了。

「而且換上這打扮是打算怎麼贏啦？兩個人一起在攤位前面攬客嗎？」

我認為會非常有效，但無論 Pansy 和山茶花多麼努力，要對抗對方的 Cosmos 等人……還有棒球隊隊員，終究還是不利。

我想多少可以拉近差距，但要反敗為勝……

「這你就錯了，花灑同學。」

「那妳要怎麼做？」

「我的策略有兩個。一個是增加來學校的客人，而另一個是……」

同時仔細一看，Pansy 讓我看一個用紙箱做出來的約印表機大小的箱子。

只是，上面的部分完全是空的，這是……

「就是增加攤位。」

……原來啊。即使從其他地方找了人來，我們的集客力仍然處於劣勢。

那麼，要怎麼縮減剩下的差距？

答案就在我和小柊今年在地區大賽決賽時做的事。

……兜售。這手段很單純，但功效很確實。

而且是這樣的兩個女生在兜售，是男生就沒辦法不買……

「那麼攤位就交給花灑同學。山茶花，我們走吧。」

「嗯！就這麼辦，Pansy！」

Pansy 與山茶花和樂融融地並肩行走。

本以為她們要直接去兜售，兩人卻並肩站到我面前——

「我們一起贏得勝利吧，花灑同學。」

「我討厭輸！所以，我要全力拚到最後！」

我差點當場昏倒。

哎，說真的……饒了我吧……

不知不覺間，到了運動會也漸入佳境的下午三點三十分。

剩下的項目就只有運動會的重頭戲——騎馬打仗與班級接力賽跑。

起初紅組壓倒性領先，但漸漸被白組拉近差距，現在幾乎同分。

這和我們現在的狀況很像。

「抱歉！小風！已經賣光了，給我們新的烤雞串！」

「嗯。已經準備好了。拿這些去吧，山茶花。」

Pansy與山茶花出發去兜售後十五分鐘，效果立刻顯現出來了。

山茶花用跑的回來，小風把事先準備好的三十盒烤雞串交給她。

也太快賣完了吧……

「花灑！『陽光炸肉串店』一千三百五十串！『元氣烤雞串店』一千兩百六十串！兜售的份成功拉近差距了！可是，跑去對方那邊的客人似乎也在增加！尤其是攜家帶眷的人！」

「攜家帶眷？呃，為什麼會那麼……」

「他們好像開放了一部分攤位在辦『體驗炸肉串』！事先多準備器材，在小椿出賽的項目全部結束後的時間點開始的！好像是葵花和小桑在教！」

可惡！小椿在最後關頭出招了！

葵花和小桑……他們兩個在我們這個年級特別受歡迎，又擅長和小孩子交流。由他們兩個上場，不只是小孩，也會很受父母歡迎。

所以小椿就是這樣盤算，才找上他們兩個傳授炸肉串嗎！

集客力原本就有那麼大的差距，竟然還拉得更開……這就表示對方也是玩真的吧。

「可惡！還挺有一套的嘛……」

「不用擔心，花灑！小椿是小椿！小柊是小柊！吾要用吾的方法，贏過小椿！」

「嗯……嗯！妳說得對！」

真沒想到我會被小柊鼓勵。

……說得也是，妳都努力到這一步了。

我們就用我們辦得到的方法，一口氣反敗為勝給大家看！

＊

下午四點三十分。

運動會宣告結束，全校學生一起站在染成橘紅色的運動場上，注視著站在台上的一名學生——穴江。

「各位，大家都辛苦了！冠軍……是由我們白組拿下，但紅組的各位同學也非常頑強，我想我們雙方都成功發揮出了為這一天而努力到現在的成果！來加油的各位來賓，非常謝謝你們！我的閉幕致詞就到這裡結束！穴江遊馬！……嘻嘻！」

同時如雷的掌聲響起。

運動會結束了。然後……贏的不是我們紅組，而是白組。

在最後關頭，我們在兩組同分的情形下迎來了作為決賽的班級接力賽。

這時白組的某一班拿下第一名，反敗為勝。

無論起初落後多少，只要不死心，意外地就是有機會。

這句話很常聽到別人說，但像這樣實際發生就更有切身的感受。

然後，閉幕典禮結束後，學生們紛紛回到校舍。我和其他部分成員看著大家回去，自己卻沒回校舍，而是回到了執行委員棚子旁邊的攤位。

「……小椿。」

「……小柊。」

攤位正面，小椿與小柊直視彼此。

沒錯，運動會結束就意味著小椿和小柊的聖戰也結束了。

最終銷售量，「陽光炸肉串店」是一千七百七十串。

然後，「元氣烤雞串店」是…………一千七百八十五串。也就是說……

「……我輸了呢。」

「贏……贏……贏啦～～！我贏了小椿，贏了小椿啦～～～～！哇啊～～～～！」
小柊雙眼流下大顆的淚珠呼喊。小椿說得像是有幾分死心。
沒錯，小柊贏了小椿。
這是一場直到最後一刻都不知道誰輸誰贏的殊死戰。
我們除了正常的攤位營運，還多了Pansy與山茶花出去兜售。
小椿他們設了體驗炸串活動，提升了集客力。
可愛的女僕……還有花舞展大美女的效果，讓我們的生意變得比較好，但在最後關頭……就在只差五串就能追上的時間點，彼此的攤位都發生了狀況。因為兩邊的攤位都沒有客人上門了。
理由極為單純。來參觀的來賓都想去看看氣氛愈來愈熱鬧的運動會到底誰輸誰贏，所以產生興趣的對象不再是攤子，而是運動會本身。
然而在這樣的狀況下，有著唯一的例外。有一個不是對運動會，而是對小椿與小柊的對決表示興趣，期盼小柊獲勝的人物。
這個人在運動會的尾聲，喘著大氣出現在「元氣烤雞串店」，買了二十串烤雞串。而這就直接反應在銷售量上，讓我們得以獲勝。
至於這個人是誰──
「我可萬萬沒想到金本哥會支持小柊呢。」

沒錯，就是這些年來一直在小椿的店工作，對她們兩人的關係很清楚的人——金本哥。

「嗯，畢竟金本哥之前就說過會幫我……然後，他有話要我轉達，他說：『我是支持妳們兩個！以後要好好相處喔！』」

「唉……金本哥也真是的……」

小椿嘆氣，但仍有些開心地微笑。

她面帶這樣的笑容看著小柊。

「聖戰中落敗的一方對勝者的任何命令都要聽從……我都輸了，妳不管下什麼命令我都會聽呢……小柊。」

「呀！啊，呃……」

大概是因為被小椿正視著這麼說而感到緊張，小柊用不安的眼神盯著我看。所以，我靜靜點頭，對小柊表達「不用擔心」的意思。

「……！我……我說……小椿……」

似乎是這一刻終於來臨，緊張的小柊顯得靜不下心，頻頻窺看小椿的表情。

「呃……呃……我……還有很多地方都不行……說不定我會給妳添很多很多麻煩。可是……可是……」

小柊不是用裝囂張的口氣，而是以原本坦率的口氣說話。

大概是真的非常緊張，看得出她一直用力握緊拳頭，全身發抖。

但她仍以決心要開口的堅定眼神直視著小椿。
「請妳，再跟我當朋友！」
她明白地說了出來。
「嗯，知道了呢……我和小柊，又是朋友了。」
小椿不是用先前看小柊的那種嚴厲視線，換上了原本的溫和笑容，這麼回答。雖說她不能違背這命令，但看她的笑容也根本毫無想違背的打算，反而十分歡迎。
「太……太棒啦～～～！小椿！小椿～～～！」
「嗯哇……小、小柊……我很難受呢……」
小柊感慨萬千，用力抱住了小椿。
「小椿跟我又是朋友了！我們感情好好！」
太好啦，小柊。終於……妳的願望終於實現啦……
「……妳很努力呢，小柊。看到妳長進這麼多，我都嚇了一跳呢。」
「不……不是的！」
小柊不斷用力搖頭。不，妳夠努力了吧。
而且妳到最後都沒有跑掉，一直烤到最後……
「不是我！是大家！是因為有大家幫助我，我才贏得了小椿！真的很謝謝你們！花灑、Pansy、山茶花、Cherry、小風、月見、莉莉絲……」

小柊的視線往站在一旁的我們身上掃過一輪，一一道謝。

對了，也有個傢伙一開始算是對方陣營，但最終跑來幫忙我們……

「還有，也謝謝那個怪怪的呆孩子！」

啊，妳沒忘記啊。雖然似乎沒記住名字。

「真是的～～！元木學姊好會忘東忘西耶～～！竟然忘了我，然後叫到如月學長兩次！唔哼！」

真有妳的啊，怪怪的呆孩子。

「啊！還有……」

小柊想起了什麼似的，放開小椿，走到一名少女身前。

「唔？怎麼啦，小柊？」

這個因為小柊突然來到面前而歪頭納悶的，是我的兒時玩伴葵花。

小柊她是想對葵花說什麼？

「那個……之前我突然跑掉……要跟妳說對不起……」

說來還真有過這麼一回事。小柊轉學過來的第二天，葵花邀小柊一起上學，小柊卻大聲怪叫著跑掉了。所以她有好好反省這件事啊。

「不會的！沒什麼啦！我沒生氣！」

「謝謝妳！呃，以後要請妳多多指教了！我是小柊！」

「嗯！請多指教了，小柊！」

「啊～～～！太好啦～～！」

大概是自己心中覺得該做的事情做完了，只見小柊心滿意足地舒一口氣，用她最愛的抱膝姿勢在原地癱坐下來。

「小柊，收拾工作還沒做完呢。」

小椿溫和地提醒她。

其實小椿也一直想和小柊當回朋友吧。

我第一次聽到她說話語氣這麼開心。真的是太好啦，小椿，小——

「沒問題的！之後小椿會寵我，我可以請小椿幫忙收拾！」

……我說小柊同學？妳為什麼可以這麼精準地看錯現場的氣氛？

妳先前的長進到底是……

「這……這是，怎麼說呢？」

啊，小椿的太陽穴在抽搐。我看這是在生氣吧？

「我直到今天，都好努力好努力！已經把一輩子的份都努力完了！所以，以後我要讓小椿寵我寵個夠，度過下半輩子！」

妳對自己可甜得像是把砂糖倒進蜂蜜裡面用力攪拌過一樣啊，喂。

妳這傢伙，為什麼在迎接人生的轉捩點啦！

「啊～～～！轉學來這間學校真的是太好了！我交到了好多好多朋友，也和小椿當回朋友，接下來的人生都是手到擒來！」

小柊，妳也該發現了。

妳的人生，就快要從簡易難度進入地獄難度了。

「以後就是小柊 Ecstasy Dynamic Future ～～！」

原來如此，小柊ＥＤＦ是吧……我完全找不出值得防衛的價值啊。（註：地球防衛軍「Earth Defense Force」的縮寫亦為ＥＤＦ）

而且，妳一旦說出這麼不把別人當一回事的話……

「我不當妳的朋友了呢。」

果然變成這樣啦……

「唔咦咦咦咦咦！這……這是為什麼！我贏了聖戰！敗者要絕對服從勝者說的話！所以，小椿是我的朋友！」

「嗯。所以，我在當了妳的朋友之後，決定不當妳朋友呢。」

「好過分！好賊！小柊 Incredible ！」

不用擔心，妳遠比小椿令人無法相信。

「那麼，我走了呢……再見啦，小柊。」

「等……等等！不要丟下我……呀！好痛喔～……」

小柊想去追小椿，結果摔了一跤。

她完全從臉先著地，但沒想到還挺耐摔，只有鼻頭撞紅而已。

「嗚哇～～！為什麼啦？我明明什麼都很完美～～！嗚嗚。嗚嗚……」

是啊，妳什麼事情都很完美地搞砸了。

「小柊，妳……在最後關頭……」

「這是自作自受吧……小柊仔。」

「無限探索對自己的寵愛嗎……有值得看齊的地方啊。」

「怪咖。」

『不是做做看。是要做，或不要做是吧……很好的態度。』

聽著山茶花還有從唐菖蒲來的幫手們所說的這番令人難以置評的評語，我也滿心想對小柊講幾句話，然而——

「啊～～大家，不好意思。我有點事情要辦……那個，小柊就麻煩你們了。」

在這之前，我還有事情沒做。

「我姑且問問，你是要去哪裡呢？」

「去找比任何人都更早拜託我，要我讓小柊贏的傢伙講幾句話。」

「是嗎……我知道了。」

那麼，Pansy 也答應了，我就趕快過去吧。

＊

我離開攤位後，去到的地方是體育館後面。

因為我和一個人說好在這裡碰面。

我以稍快的步調過去，結果這個人物似乎已經到了。這個人站在體育館後面的「成就樹」旁，一發現我來就朝我用力揮手。

那麼，要說這個人是誰……

「久等啦…………小椿。」

其實想也知道，除了她以外沒有別人啊。

「花灑，很多事情都要謝謝你啦。」

小椿笑咪咪地迎接我，對我道謝。也是啦，的確會這樣。

畢竟我從一開始…………就是在小椿的請求下，加入小柊這一隊。

「你有好好聽出意思，幫了我大忙呢。對不起，我用這麼不好懂的方式講。」

「我對這種拐彎抹角的說法很習慣，不要緊。」

小椿委託我加入小柊那一隊，是在一開始我們在圖書室見面時。

就是在兩人為了決定聖戰內容而討論的時候。

當時小椿是這麼說的——

『嗯，我當然打算在配得上最後一場聖戰的顛峰舞台，展開最顛峰的聖戰呢。畢竟如果是普通的聖戰，我就是會打贏嘛。我是打算「滿足讓妳有勝算的最低限度條件」呢。』

這當中所謂「能讓小柊有勝算的最低限度條件」，指的正是我——如月雨露的加入。

畢竟在前一場聖戰裡，小柊就說「只要有花灑幫我，我就贏得了小椿」，所以就在答應她這個要求的形式下，我受小椿所託，加入了小柊這一邊。

一切……都是為了治好小柊的怕生……而我這麼做，則是為了報答過去一直照顧我的小椿。

「花灑果然好厲害呢。我一直想治好小柊怕生的毛病，就是怎麼也治不好，你卻真的把她給治好了。交給你真的是找對人了呢。」

「不，我總覺得她那個樣子也很難說是治好……」

「沒的事呢。畢竟我還是第一次看見小柊有那麼多朋友。謝謝你，花灑，你果然就像一根串枝，能把大家串在一起。這一切都多虧了你。」

「說一切也太誇張啦。是因為還有大家在才辦得到的。」

小柊自己努力的地方也很多，而且除了我以外的人也都支持小柊，才得以讓她怕生的毛病多少得到了改善。

而且我在彩排的時候也大大搞砸了事情。

「倒是小椿，妳真的是拿出真本事了吧？一副要澈底打垮小柊的樣子，我還以為妳多少會放水呢……」

「我怎麼可能放水呢？畢竟小柊對於寵她的跡象很敏感，只要稍稍一放水，馬上就會被她發現呢。」

所以妳才完全不放水嗎？

「……而且，我有心想贏她也是真的。」

聽到這句話，我莫名覺得一切都說得通了。

該怎麼說，這次簡直像是有兩個小椿。

作為壓倒性的敵人，擋在小柊去路上的小椿；以及言行雖然辛辣，卻是為小柊著想而行動的小椿。這兩個她……原來都是真正的她。

「我說小椿，我有個問題想問妳，妳在國中的時候對小柊說：『我們不再是朋友。』那是真心的嗎？還是說，從當時妳就想治好她怕生的毛病……」

「不是，我是真心這麼告訴她的呢。只是……說來沒出息……那其實是遷怒呢。」

「遷怒……？」

小椿會遷怒？這個能幹概念的化身竟然會做這種事……

「嗯。我啊，小時候經常被說『小柊都做得到，妳也該努力』……然後，我以前很討厭被罵、被討厭，所以非常努力。覺得小柊做得到的事，無論是什麼，我也必須做得到。」

「……咦？」

小椿的笑容帶著幾分達觀。而她這個發言在我心中創造出了一種確信。

說來說去，小椿和小柊其實很像啊。

兩個都是害怕被討厭的女生，就只是當下採取的對應方式不同。

為了不被討厭，小椿變成「能幹的人」，而小柊變成了「膽小鬼」。

「我那麼努力，想學會所有小柊會的事情，但小柊卻說因為我與眾不同，半途就放棄不做了。這讓我覺得好不公平，忍不住對她說了那樣的話。其實，我很想馬上去跟她道歉和好。可是，等我看到小柊……」

「就想治好她怕生的毛病？」

「嗯，就是這樣呢……稍微保持距離後，我才弄懂。我是我，小柊是小柊，所以彼此不需要會做一樣的事情。我也有些地方比小柊厲害，但小柊也有比我厲害的地方……這才是對手，不是嗎？」

「……也許吧。」

所以小椿才會為了給小柊自信，一次又一次跟她打這種聖戰嗎？為了讓重要的朋友小柊變堅強……這下我想通了。

「原來如此啊……我明白了，謝謝妳告訴我這麼多。」

「嗯，該道謝的是我呢。所以，我欠你一份人情。如果有什麼困難，儘管來找我。」

「不需要什麼答謝啦。」
「真的？」
「嗯。先前妳這麼照顧我，我只是在報恩。」
「是嗎？那我就不答謝你了呢。」
與其說不答謝，應該說本來就沒這個必要。

因為啊…………終於！後宮終於完成啦～～～～～～～！

我等這一瞬間等了好久啊！正經做事就到此為止了！
好了，各位先生&先生！大家當然還記得吧！
小柊贏了小椿！這也意味著聖戰的獎賞要大舉發動了！
這下我可以對Cosmos、葵花、翌檜還有小椿下任何命令耶！該下什麼樣的命令好呢～～……其實答案想也知道！
沒錯！那就是～～！吼～～～～～宮～～～～～！
哎呀，我講錯了，是後宮啊，後宮。不行不行，我讓情緒迸發太多了。
真沒想到從途中就切換到認真模式真的奏效了！
換作平常，我都會得寸進尺而搞砸，但今天我完全沒得寸進尺，結果各位看，就像這樣！

我要順利進入王道青春少年小說篇啦！

「那麼小椿，我差不多要動用聖戰的獎賞——」

「啊，對了，花灑，蒲公英不是去了你們攤位幫忙嗎？」

唔？我正要下命令，小椿卻提起另一個話題。

「啊……嗯。那幫了我們大忙。因為坦白說，我們人手不足。」

「嗯，不客氣。然後啊，我對蒲公英說：『沒有規則規定參加一個攤位，就不可以去幫另一個攤位，所以不要緊呢。』這你聽她說了嗎？」

「嗯，聽她說了。我也覺得沒有這樣的規則，所以沒問題。」

「順便問一下，這種情形下，聖戰的獎賞要怎麼算？幫忙過小柊隊的蒲公英也可以下命令嗎？……例如說，對我們隊上的小桑或是誰。」

蒲公英對小桑下命令？這種事情就算老天允許，我也不允許！

我說什麼也得避免給小桑添麻煩！

「不，就算幫過忙，敵人還是敵人吧……也就是說，就算原本隸屬對手那一隊的人去幫了敵對的隊伍，這個人也不會得到聖戰的獎賞。」

「聽到你這麼說，我就心滿意足了呢。」

呼……多虧小椿，我才得以拯救小桑免於前所未有的危機啊。

小椿果然很靠得住……好了，不說這個了！這次我真的要下命令——

「我說花灑。」

「嗯？幹嘛？」

妳也拖太久了吧？差不多該讓我下命令啦。

「可以先請你看看這張紙再說嗎？」

真拿她沒辦法。我滿心想盡快叫小椿脫光光，但她似乎還覺得難為情，朝我遞出了兩張紙。

不過，無所謂啦。我是心地善良，心胸寬廣又誠懇的後宮王，就破例先看看又有什麼關係呢！

「……咦？這是 Cosmos 會長一開始交給我們的設攤申請……」

「嗯，是申請表格呢。」

呵！我想起來啦……想起當初呆女被小椿玩弄在手掌心，沒發現最上面折起來而看不見的店名，結果就把棒球隊隊員的名字都寫到小椿攤位的表格裡。不過到了現在，這已經變成一件趣談了！

對了，這還是我第一次好好看「元氣烤雞串店」的申請表格啊。

畢竟我忙著找人加入，這方面全都交給 Pansy 處理。

哦～～連最後特地來幫忙的月見和莉莉絲的名字都寫在上面……怪了？

怪了怪了怪了？啥？不對吧？「少了一個人啊」？

我現在看的是「元氣烤雞串店」的申請表格，但是有一個人的名字沒有在成員欄位上，而且還是超重要成員。

然後，當我查看第二張表格……

「陽、陽、『陽光炸肉串店』……有如月雨露～～～～～？」

這是什麼情形啊～～～！為什麼！我會！被填在小椿攤位的表格上啦！

我明明從開始到結束都一直在幫忙小柊的店吧！

「啥啊！什麼？也就是說，我以為我贏了，其實卻是輸了？」

「說起來是會變成這樣呢。」

到底是誰給我做出這樣的事來！

而且關於小柊攤位的申請表格，我們明明在「元氣烤雞串店」的辦公室裡好好……

『……啊，對了，Pansy，關於申請表格，麻煩還是把 Cherry 學姊和小風的名字也寫上去。畢竟如果被說名字沒寫上的成員不能參加，那也是傷腦筋。』

『好，我知道了。我會好好把全隊成員的名字都寫上去，由我負起責任提交給 Cosmos 學姊，你放心吧。』

是她啊～～～～！我就懷疑她的語氣話中有話，原來是這麼回事！

為什麼要負起責任陷害我啦！根本完全沒辦法放心嘛！

「唉……真沒想到拿出真本事的 Pansy 那麼厲害。下次可得好好努力不輸給她。」

我就覺得這次的 Pansy 不對勁！

和平常比起來，她也未免太有幹勁啦！

原來從一開始，她就是為了得到能對我下一個我非聽不可的命令才拿出全力的嗎！

那當然會不惜露出真面目，還講出「無論得做什麼，我都想贏」這種帥氣的台詞啦！一切我都想通了！

「而且，Cosmos 學姊、葵花和翌檜對擺攤都全力參加，但為了不讓花灑喪失鬥志，她還特地亮出聖戰的獎賞來鼓舞你。真的是……搞不太清楚她是敵人，還是自己人呢。」

千真萬確是敵人！主要是我的敵人！

原來 Cosmos 那格外可怕的提議從一開始就是套好招的嗎！

不對！要抱怨晚點再說！現在更重要的是，我得全力保護自己……

「小……小椿！我從一開始就幫忙小柊的店，參加的應該是……」

「你剛剛才說『就算原本隸屬對手那一隊的人去幫了敵對的隊伍，這個人也不會得到聖戰的獎賞』呢。」

「那……那就讓我用剛才的人情，救我——」

「你剛剛才說用不著呢。呵呵呵！」

原來妳也是一夥的嗎～～～～！

啥？也就是說，我這次的努力全都是白忙一場？

我營造出一副在幕後努力的感覺，結果更幕後的黑手已經等在那兒了？

「那麼，我要回去了呢。花灑也趕快回攤位去吧。」

「啊！小椿，等……呃，也太快啦！不要跑啊！」

我回過神，轉眼間她就不見蹤影了！

可惡！既然這樣，我也要逃亡——

「花灑同學，你實在太久沒回來，我就來接你了。」

一個簡直算準了時機出現的女生。聲調格外高的嗓音。

不用說也知道是誰出現了……就是陷害我的女生——三色院董子。

不知不覺間，她已經換好衣服，回到辮子眼鏡模式。

「妳……妳這女人……從一開始就打這個主意……」

「唉……虧我還想被花灑同學下色色的命令，卻不小心贏了……」

「開什麼玩笑！妳知不知道我這次花了多少心血……！」

「哎呀，你就這麼想命令我啊……你的心意，我都有收到。」

「妳收到的結果是打算做什麼啦！」

「這個嘛……」

Pansy 先頓了頓，心情大好地看著我。

認識這段日子，讓我非常清楚，Pansy 露出這種表情的時候——

「我要對你下一個你絕對不能反抗，非、常、美、妙的命令。」

講出來的絕對不會是什麼好事……

我明白認知到

「嗨，花灑！運動會，各方面都辛苦你啦！」

「嗯，小桑也辛苦啦。」

攤位全部收拾完畢後，我在教室把體育服換成制服，換完時來找我說話的就是我的好朋友小桑。

他的表情是一如往常充滿熱血的笑容，但還是透出了幾分懊惱。

原因多半是運動會的最後一個項目——班級接力賽吧。

「哎呀～～！真沒想到竟然會在最後關頭被超過去啊！社團活動的短跑，我可從來不曾輸過呢！」

運動會上，班級對抗接力賽決定了紅組與白組的勝敗。

我們班一直到最後一棒都維持第一名。

然後就在這樣的狀態下交棒給最後一棒的小桑，所以我們確信將會獲勝。

然而，這時發生了意料之外的事態。

Pansy 那一班的最後一棒——棒球隊的捕手芝以猛烈的勢頭展開追趕，超越了小桑。

「我大概是在心意上就輸了吧……所以，在接力賽也跑出了一樣的結果。」

「心意上？」

「就是所謂讓男人努力的單純理由！男人在想耍帥的對象面前，就會比平常更有幹勁吧？這次的運動會，芝的妹妹就來看了！他啊，只要有妹妹在，就會比平常更拚五倍！這一點，我輸給了芝！因為讓我努力的單純理由是有那麼點複雜啊……」

「這……這樣啊……」

小桑最後散發出些許哀愁，以帶了點達觀的笑容述說。

聽他這麼說，就會對勝敗的結果信服。

實在很像……跟讓我想努力參加小柊攤位的理由很像。

「對了，花灑，關於擺攤……我真嚇了一跳！萬萬沒想到，他們竟然說你其實跟我同一隊啊！」

唔！不要讓我想起討厭的事啦……小桑。

「嗯，真的是糟透了。沒想到 Pansy 竟然這樣設計我……」

「哈哈！真是遺憾啊！不過，Pansy 似乎也很辛苦啊！她好像還特地去跟葵花她們解釋情況，把花灑寫在小椿這一隊！」

這我知道。她們幾個從一開始就是一夥的。

「所以，結果獲勝的獎賞怎麼樣了？小柊已經對小椿用了，但其他人的份還留著吧？」

「小風、Cherry、莉莉絲還有山茶花都說：『這次只是來幫忙，所以用不著這種獎賞。』但 Pansy 似乎有什麼盤算……」

「這麼說來，她什麼都還沒對你說是吧！哈哈哈！這聽起來就很棘手啊！」

小桑，你不要笑得這麼悠哉。

這對我可是生死的問題。

「看樣子，以後花灑為了 Pansy，也有很多事情要辛苦啊！」

「這種事我早就再明白不過了啦……」

「不，你不明白啊。」

嗯？怎麼小桑說話不是平常那種熱血的聲調，反而格外冷靜……這是不是變成另一個小桑啦？怎麼突然……

「我說啊，花灑……你直到今天都不曾覺得奇怪嗎？」

「奇怪……這話怎麼說？」

「就是 Pansy 啊。她從去年地區大賽的決賽……也就是從去年七月就一直喜歡你。可是，她一直到今年四月，什麼也沒做耶。」

聽他這麼一說，就覺得的確是這樣……

「今年四月，她對你說出了心意。在這之前，明明什麼消息也沒有，到了四月，她就突然把心意告訴你……你想這是為什麼？」

「不，我不知道……那個……小桑知道？」

「對，我知道。」

小桑以平淡而冷靜的聲調這麼說了。

「暑假的尾聲，有個女生寫信請我傳話給 Pansy。我去轉達之後，Pansy 就告訴我……雖然她是叫我對你保密啦。」

這是怎樣啦？說得這麼吊人胃口，就只有關鍵的地方不說，這樣聽了不就只會覺得很不乾脆嗎……我是很想這樣抱怨，但看到小桑的表情就讓我根本說不出這樣的話。

想必他就是有理由，才會仍然決定把事情告訴我吧。

「只是，有一件事我還是先跟你說……」

小桑說著，輕輕把手放到我的肩膀上。我甚至覺得他的手上灌注了強烈的「接下來輪到你了」這樣的意思。

「讓 Pansy 成為 Pansy 吧。」

相信這是小桑極力給出的最大提示了。

唯一的難處……就是講什麼讓 Pansy 成為 Pansy，我真的聽不懂啊……

「好啦！那我們棒球隊要去吃義大利餐館當運動會的慶功宴，我要走啦！要說服蒲公英大概會很花時間，所以我得趕快！」

「啊、嗯。知道了！那個……謝啦！」

「別放在心上！我跟你是好朋友！所以遇到重要關頭，我一定會幫你！」

小桑最後這麼說完，就恢復平常熱血洋溢的樣子，離開了教室。

好，那我也走吧。

今天放學後，大家要一起去小柊的店舉辦慶功宴。

雖然最後有件事令我掛心不下，不過現在還是先忘了這件事，好好慶祝今天的勝利吧！

＊

後來我在校門前和一起擺攤的成員會合，大家一起前往「元氣烤雞串店」。然後晚了一會兒，除了棒球隊隊員以外的「陽光炸肉串店」攤位成員也來會合了。

由於人數較多，我們不像先前討論擺攤事宜時跑去辦公室，而是借用店內幾張大桌子，大家一起吃烤雞串。

然後，小椿和小柊坐在其中一桌。

「小椿！小椿是我的朋友！所以，要更寵我！」

「我說啊，小柊，我跟妳現在不是朋友呢。妳應該自己好好努力呢。」

小柊企圖想辦法寄生，但理所當然地失敗。

「我真不敢相信！妳好賊！」

小柊氣呼呼地大嚼烤雞串。

她本人完全沒發現，但在還有許多其他客人的情形下，她能像這樣正常和別人交談了，我認為這已經是很大的進步。

想來只要不受眾人矚目，即使待在人多的地方，她也已經不要緊了吧。

「小柊仔妳先別氣，何必這麼生氣呢！只要妳有話好好說，也是可以讓小椿仔再當妳的朋友吧！」

「真的嗎！那我可以依靠小椿度過下半輩子了？」

「這……這個嘛～～我想實在是沒有這麼好的事啦……」

Cherry 不知道該怎麼回話了。加油吧，總會有辦法的。

「烤雞串，好吃。」

突然一道小小的說話聲傳來。

是坐在我隔壁，小口小口吃著烤雞串的月見。

對了，這其實是我第一次有機會和月見好好說話？

……該說些什麼才好呢？

「月見，今天謝啦。妳來幫忙，真的幫了我們很多。」

「別放在心上。我也遇到了好事。」

「喔，這……這樣啊……」

「嗯，是這樣。」

完全聊不起來……呃，是沒關係啦。

而且月見平常就沉默寡言，也許她不是個那麼愛說話的人。

只是，該怎麼說……自己沒辦法讓她開心，就會讓人產生一種莫名的罪惡感。

如果有什麼能讓月見更有興趣的話題就好了……但不巧的是，要說我想得到什麼和月見有交集的話題，就只有「他」。偏偏只有他，我萬萬不想提起。

「花灑同學，你可以來一下嗎？我差不多想跟你談談『那件事』了。」

……不妙，背後傳來女生說話的嗓音，說出對我而言不利到了極點的發言。

「啊、呃～～……Pansy，這件事晚點再談也可……呃，咦？」

為什麼不只是Pansy，其他人也一起？

Cosmos、葵花、翌檜、山茶花。四個人的表情都格外正經……

「這是非常重要的事情，我們想在別的地方談。所以，可以請你一起來嗎？」

不只是Pansy，另外還有四個人。她們到底打算跟我說什麼？

如果可以，我想立刻拔腿就跑。但都到這地步了，實在不能這樣啊。

既然如此，也只能做好覺悟了……

「知道了……我一起去。」

現在我們在「元氣烤雞串店」附近一處沒什麼人經過的停車場。

Pansy、Cosmos、葵花、翌檜、山茶花這五個人並肩站在我的正前方，她們各以認真的表情看著我。
太陽已經下山，昏暗的停車場本身就讓人覺得有點害怕。
「花灑同學，我們像這樣聚在一起，你會不會有點想起來？」
「想起來……？想起什麼？」
「就是今年地區大賽的決賽時，你贏了葉月同學以後的事情啊。」
「唔！」
她說得沒錯。當時我和水管的對決結束後，其他人全都離開，只有這五個人留下來，等待我的答案。
「當時，你對所有人都說出了心意。可是，這樣我們還是無法接受。」
「難不成……妳要對我下的命令就是……」
「是啊。這次我要你好好只對一個人……只對你覺得最重要的人說出你的心意。」
來這招嗎……不過說起來，她也的確沒說錯……
當時，也就是今年地區大賽的決賽，我出於「還想跟大家和睦相處」的心意，無視了她們的心意，用了亂七八糟的手段讓回答不了了之。
也多虧如此，當時得以收場，但那終究只是緩兵之計。
遲早有一天非得說出明確的答案……
「所以啊……花灑同學。」

「怎……怎樣啦？」

現在要在這裡說出來？要在所有人都在場的這個地方，說出我的心意……

「請你只讓一個人聽到你的心意。」

「我、我……」

就是說啊。都來到這一步了，不可能會有別的命令。

我萬萬沒想到這一刻竟然會來得這麼突然……

可是，也只能說了——

「在第二學期結束時。」

「……啥？不、不是現在……是第二學期結束時？」

「嗯，是啊。」

Pansy 說得平淡，但仔細一看，她的手在發抖。

其他四個人的表情很認真，但看起來也像是承受著恐懼。

「說來很沒出息……但是我們也怕。」

「怕？」

「要在已經建立的關係上帶來變化……非常需要勇氣。」

「…………！」

的確是這樣……

我很膽小，所以一直以為只有自己害怕，但這是不可能的。

我們之前歷經了千辛萬苦才建立現在的關係。

有可能失去這樣的關係這件事，Pansy 她們也很害怕……

「可是，我們不能一直當高中生，總有一天一定會改變。我們不希望到時候還是不知道答案……所以，就在第二學期結束時。不是現在，也不是第三學期。希望你在第二學期結束時，說出你的心意。這是絕對的命令。」

站在 Pansy 身後的 Cosmos、葵花、翌檜與山茶花都呼應 Pansy 這番話似的點了點頭。

這個命令沒有意義。

畢竟 Pansy 說這些話是因為「明白我明白」。

但她還是說出來，是因為希望我好好考慮。

要我別擔心任何人，一定要說出自己的心意。

既然這樣，我……

「知道了。第二學期結束時……我會好好說出來。」

我不會再逃避。

第二學期結束時……就把一直隱瞞的心意毫不隱瞞地說出來吧。

對我覺得最重要……比任何人都更想在一起的人說出來。

「好的，我很期待……花灑同學。」

似乎是對我的回答心滿意足，Pansy……以及其他四個人都露出了平靜的笑容。
昏暗的停車場沒有什麼氣氛可言……但真是不可思議。
大家的笑容都特別漂亮。
然而，這種笑容很短暫，只有現在看得到。
沒有那種所有人都能露出笑容的大圓滿結局存在。
我們非得朝這樣的未來前進不可。
因為在第二學期結束時，我們的關係肯定會迎來新的改變。
而這很有可能意味著現在這種關係的結束……

後記

登場人物增加太多，寫得好累！

大家好，我是最近和朋友針對音樂劇電影聊過之後說：「其實我沒看過《真善美》，嘿嘿☆」結果被朋友說「你最好去死」的駱駝。

何必連我的性命都否定呢？

這次的第九集，由於第八集相當嚴肅，讓我的想鬧計量表與想增加 Pansy 出場計量表都有所增幅，也就讓本集有比較多的笑料&比較多的 Pansy 出場。

不過第九集的事情就談到這裡，這次的後記，我想對從以前就多次有讀者詢問的某件事做個說明。

那就是本作的簡稱。

本書的日文書名是《俺を好きなのはお前だけかよ》，我偶爾會被人問起：「這樣會怎麼簡稱？」

我是密謀定成《俺なのは》，就可以大喊「星光粉碎砲」了（註：《魔法少女奈葉》的原片名為《魔法少女リリカルなのは》），但某責任編輯說想把簡稱定為《をきなは》，還有一些

其他方案……而我們的想法全落了空，不知不覺間，在電擊文庫的作品介紹頁面上已經堅定地寫上了《俺好き》（喜歡本大爺）。

因此，我想答案應該是《俺好き》。

如果讀者想用其他簡稱來稱呼，也請不用客氣，儘管用您喜歡的簡稱。

那麼，最後要致上謝辭。

購買第九集的各位讀者，每次都要感謝您的支持。第二學期篇是一度將時間拉回後再度展開，之後將會有什麼樣的發展……我自己也不知道。

ブリキ老師，這次也要謝謝您提供美妙的插畫。第八集是偶數集，但考慮到內容需要，沒有辦法寫慣例的「那個」……不過，下次第十集，我打算無論如何都要擠出「那個」，所以到時候還有勞您了。

各位責任編輯，這次也很感謝各位提供了諸多建議。

我們討論要如何才能讓小柊隊勝過小椿隊，討論了大概兩小時左右，其間提出了各式各樣的方案，但每次都有人否決，這樣的無限循環是一段很棒的回憶。

下一集也要請各位多多照應了。

駱駝

青春豬頭少年不會夢到迷惘女歌手

作者：鴨志田 一　插畫：溝口ケージ

咲太等人又碰上了未知的思春期症候群？
全新劇情展開的青春豬頭少年系列第十彈！

咲太等人升上大學，過著嶄新又平穩的生活，某一天——偶像團體「甜蜜子彈」的隊長卯月感覺怪怪的，總是少根筋的她居然會看周遭的氣氛……？咲太感覺事有蹊蹺，但是其他學生都沒察覺她的變化。這是碰上了未知的思春期症候群？還是——？

各 **NT$200~260/HK$65~78**

在流星雨中逝去的妳 1~4 待續

作者：松山剛　插畫：珈琲貴族

以「夢想」與「太空」為主題的感人巨作，
驚天動地的第四集！

「Europa」出現在大地等人面前，彷彿呼應了伊緒說的「我聽說大流星雨的主謀就在這間高中」。形跡詭祕的黑井冥子與大地接觸，她有什麼令人震驚的真面目？遙遠太空傳來的「加密文章」；神祕的線上遊戲《GHQ》；大流星雨的「真凶」終於現身——

各 **NT$250/HK$83**

三角的距離無限趨近零 1~4 待續

作者：岬鷺宮　插畫：Hiten

我愛上的那個女孩體內住著兩個靈魂——
與雙重人格少女譜出的三角戀愛故事。

矢野在跟春珂與秋玻接觸的過程中，戀情也在心中萌芽——又在某一天突然宣告結束。然後他變了。所以，為了找回剛認識時的「他」，我——我們展開了行動。在沒有交集的教育旅行途中，我們努力追逐矢野同學，就算我們已經不是情侶——

各 **NT$200~220/HK$67~73**

GAMERS 電玩咖！

Sekina Aoi
葵せきな

9

雨野景太與青春SKILLS RESET

Keita Amano and youth skills reset

Kadokawa Fantastic Novels

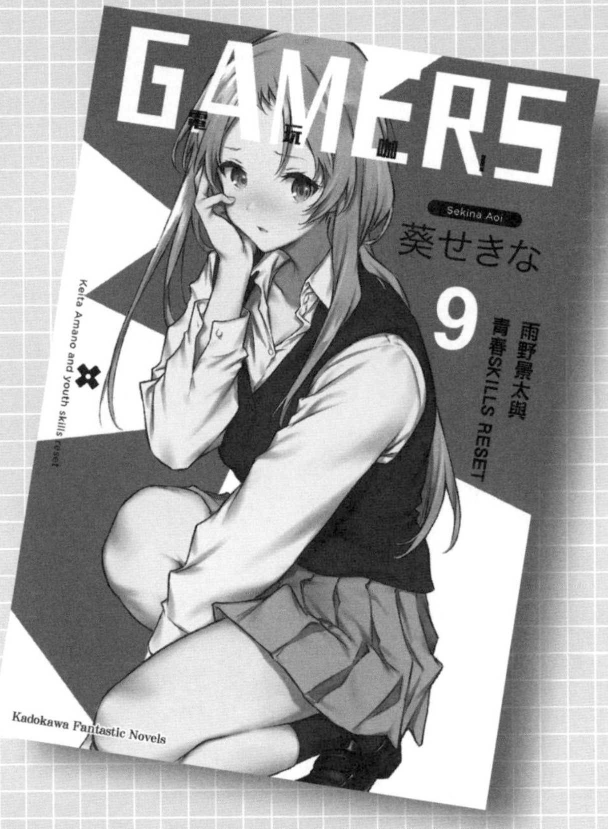

GAMERS電玩咖！ 1~9 待續

作者：葵せきな　插畫：仙人掌

走投無路的天道花憐終於下定決心！
另外，最強最惡劣的魔王現身了？

雨野景太和星之守千秋比以前更在意彼此，天道花憐提出關鍵性建議──「在這段情場追逐中，我們要不要定個期限？」另外，雨野面前出現最強新角色。「那麼，下次我就要雨仔的『嘴脣權』好了。」強制進入BOSS戰的彆扭落單「青春」宣告結束？

各 **NT$180~240/HK$55~75**

國家圖書館出版品預行編目資料

喜歡本大爺的竟然就妳一個?/駱駝作；邱鍾仁譯. --
初版. -- 臺北市：臺灣角川股份有限公司, 2021.03
冊；　公分
譯自：俺を好きなのはお前だけかよ
ISBN 978-986-524-276-3(第9冊：平裝). --
ISBN 978-986-524-277-0(第10冊：平裝)

861.57　　　　110000938

Kadokawa
Fantastic
Novels

喜歡本大爺的竟然就妳一個？ 9

（原著名：俺を好きなのはお前だけかよ 9）

2021年3月17日 初版第1刷發行

作　　者：駱駝
插　　畫：ブリキ
日版設計：伸童舍
譯　　者：邱鍾仁
發 行 人：岩崎剛人
總 編 輯：蔡佩芬
編　　輯：孫千棻
美術設計：黃永漢
印　　務：李明修（主任）、張加恩（主任）、張凱棋
發 行 所：台灣角川股份有限公司
地　　址：105台北市光復北路11巷44號5樓
電　　話：（02）2747-2433
傳　　真：（02）2747-2558
網　　址：http://www.kadokawa.com.tw
劃撥帳戶：台灣角川股份有限公司
劃撥帳號：19487412
法律顧問：有澤法律事務所
製　　版：尚騰印刷事業有限公司
ＩＳＢＮ：978-986-524-276-3